Lygaya

Andrée-Paule Mignot

Lygaya

Collection **Atout**

Données de catalogage avant publication (Canada)

Mignot, Andrée-Paule

Lygaya

(Atout)
Pour les jeunes de 9 à 14 ans.

ISBN 2-89428-129-3

I. Esclavage – Romans pour la jeunesse. I. Titre.
II. Collection

PS8576.I2952L93 1996   jC843'.54   C96-940370-4
PS9576.I2952L93 1996
PZ23.M53 Ly

Les Éditions Hurtubise HMH remercient le Conseil des Arts du Canada de l'aide apportée à son programme d'édition et remercient également la SODEC pour son appui.

L'auteure remercie l'Office du tourisme de la Martinique, à Montréal, pour son aide précieuse.

Directrice de la collection : **Catherine Germain**
Révision : **Claire St-Onge**
Conception graphique : **Nicole Morisset**
Illustration de la couverture : **Francis Back**
Mise en page : **Mégatexte**

© Copyright 1996
Éditions Hurtubise HMH ltée
1815, avenue De Lorimier
Montréal (Québec)
H2K 3W6 Canada
Téléphone : (514) 523-1523

Dépôt légal/3e trimestre 1996
Bibliothèque nationale du Canada
Bibliothèque nationale du Québec

Imprimé au Canada

À mon grand ami Lucien Côté

Pour Carol, Alix, Michel-Emmanuel
et aussi pour Iqbal Massih,
vendu à l'âge de 4 ans
à un réseau de fabricants de tapis,
mort à 12 ans, en 1994,
pour s'être révolté.

Des historiens ont estimé que durant les siècles d'esclavage, entre un et trois millions d'Africains ont été transportés vers l'Amérique. Aujourd'hui, en 1996, des dizaines de millions d'enfants sont encore employés comme esclaves à travers le monde. Mal nourris, mal traités, ils sont obligés de travailler le plus souvent gratuitement, dès l'âge de 6 ans. Quel que soit le pays, quel que soit l'endroit, ces enfants souffrent, comme Lygaya en 1780...

D'origine française, Montréalaise d'adoption, journa-
liste de métier, **Andrée-Paule Mignot** est histo-
rienne de formation. Son goût pour la recherche et
les voyages, sa curiosité naturelle l'ont amenée à se
passionner pour l'Histoire et à s'intéresser aux
autres cultures.

«L'histoire de l'esclavage, dit-elle, est une histoire
encore terriblement quotidienne : dans certaines
parties du monde, des enfants sont encore vendus,
exploités, humiliés, battus... Ce sont de véritables
esclaves. Je souhaite partager avec mes enfants et
tous ceux qui liront *Lygaya* autre chose que le
train-train quotidien. Je veux qu'ils connaissent des
histoires, des paysages, des coutumes différentes qui
leur permettent de mieux comprendre les nôtres.»
Lygaya est le premier roman pour la jeunesse
d'Andrée-Paule Mignot. Elle travaille actuellement à
une suite de *Lygaya*. Ce deuxième roman racontera
l'arrivée de l'ancêtre de Jean-Baptiste, à Québec.

1

JEAN-BAPTISTE

Je m'appelle Jean-Baptiste Léonard. J'ai douze ans. Tout le monde pense que je suis haïtien... parce que je suis Noir. Vraiment noir! Eh bien non... Je suis québécois... Mon père est québécois, mon grand-père était québécois, mon arrière-grand-père était québécois et son père avant lui...

Alors me direz-vous, comment se fait-il que je sois Noir? Eh bien, tout simplement parce que mes ancêtres étaient africains. Originaires du Cameroun, plus exactement. Mes parents m'ont dit que le premier Léonard était arrivé à Québec vers 1783. Il était alors âgé de 14 ans. Il s'appelait Lygaya. Il fut rebaptisé Léonard. C'était un esclave et, jusqu'à l'abolition de l'esclavage, vers 1860, son fils et son petit-fils étaient aussi des esclaves. Ils étaient au service de

Monsieur Desfontaines, qui vivait alors à Québec.

C'est ma mère qui m'a raconté l'histoire de notre famille : une histoire que l'on se raconte de génération en génération, afin de ne pas oublier qui nous sommes, comment nous sommes arrivés au Québec et pourquoi nous vivons aujourd'hui en Amérique du Nord. C'est une histoire que je raconterai, moi aussi, plus tard, à mes enfants. Voici à peu près ce que je leur dirai...

Tout a commencé au XVIIIe siècle, en 1780. Cela se passait en Afrique, dans un pays situé sur la côte ouest du continent, le Cameroun. Il y avait un petit village tranquille, au nord du pays, où vivait depuis plusieurs siècles une tribu avec ses coutumes et ses habitudes...

Les femmes s'occupaient des tâches ménagères, des enfants, de la cuisine, des jeux ; la principale occupation des hommes était la chasse. Ils ne chassaient pas seulement pour le plaisir, mais aussi et surtout pour se procurer leur nourriture. Les hommes étaient de grands chasseurs et de vaillants guerriers respectés et aimés des tribus voisines, qui vantaient leur courage. Chez ces anciennes peuplades africaines, la chasse était un rite auquel les enfants étaient initiés dès leur plus jeune âge.

Dans ce petit village, vivait une famille. Il y avait Sanala, la mère; Pinto, le père, et un garçon nommé Lygaya. Lygaya, qui allait bientôt avoir douze ans, se préparait à être «initié». Ce rite ancestral consistait à passer une nuit seul, dans la forêt, parmi les bêtes sauvages. Au petit matin, lorsque le jeune garçon revenait, il était accueilli par le chef du village qui, entouré des hommes, lui remettait son premier couteau.

Une fête était alors organisée en son honneur, en reconnaissance de son courage, et le soir tout le monde chantait et dansait au son du tam-tam, pendant que le garçon, épuisé de sa nuit, s'endormait paisiblement, heureux d'avoir pu échapper aux animaux sauvages et d'avoir retrouvé sa famille. Après avoir subi cette épreuve, il était accepté dans le monde des hommes et ceux-ci l'emmèneraient dorénavant avec eux à la chasse.

Ce jour-là, donc, Lygaya attendait anxieusement la tombée de la nuit qui serait celle de son initiation. C'était un après-midi identique aux autres. Le village était endormi, c'était l'heure de la sieste ; tout était calme. Il faisait une chaleur écrasante. Heureusement, les maisons, que l'on appelle des «cases», offraient un bon abri. Construites avec de la boue séchée et leurs toits recouverts de feuilles de palme, elles étaient fraîches à l'intérieur.

Lygaya n'arrivait pas à s'endormir. Son anxiété grandissait au fur et à mesure que la journée avançait. Il se demandait ce que serait sa nuit et comment il trouverait le courage de se battre contre les animaux sauvages qu'il risquait de rencontrer. Ce jour-là, exceptionnellement, les hommes qui d'habitude partaient parfois plusieurs jours à la recherche de gibier, n'étaient pas partis chasser.

Lygaya songeait à tous ces dangers qu'il devrait peut-être affronter lorsque, soudain, des cris retentirent... Il se leva, mais à peine eut-il posé son pied sur le sol qu'un homme de très grande taille fit irruption dans la case. Il avait un sabre à la main et portait un turban blanc, enroulé autour de la tête. Il n'avait pas la peau noire et son teint, doré comme le sable, faisait ressortir ses yeux très bleus. Il avait un regard cruel et perçant qui fit frissonner de peur Lygaya. Son nez, légèrement crochu, lui donnait l'aspect terrifiant d'un oiseau de proie. Les parents de Lygaya s'étaient levés à leur tour et observaient l'étranger d'un œil hébété. L'homme fit signe à toute la famille de sortir de la case.

— Allez dehors, vite! Vite! dit-il dans leur langue en les poussant vers l'extérieur.

— Que se passe-t-il? demanda le père de Lygaya.

— Avance... dehors! Dehors! répéta l'homme au turban.

Toute la famille fut ainsi expulsée de sa case.

Sur la place du village, tous les habitants étaient rassemblés, entourés d'autres hommes enturbannés. Ils étaient une trentaine, tous armés d'un sabre. Certains d'entre eux portaient un fouet à la ceinture.

Pinto, qui était estimé dans la tribu pour sa sagesse et son courage, semblait comprendre ce qui se passait. Il se pencha vers son fils et lui chuchota quelques mots dans le creux de l'oreille :

— Surtout, reste près de moi... Ne crains rien... et fais ce qu'ils te diront. Ce sont des Maures. Des hommes sans cœur... des marchands d'esclaves !

Le ton de Pinto effraya Lygaya. Il avait déjà entendu parler d'histoires semblables qui étaient arrivées dans d'autres villages éloignés. Cela se passait toujours de la même façon : les marchands d'esclaves arrivaient dans le village, généralement en pleine nuit ou durant l'heure de la sieste ; ils rassemblaient les habitants sur la place et les séparaient en deux groupes — d'un côté les hommes, de l'autre les femmes et les enfants. Ils les attachaient ensuite les uns aux autres et les conduisaient dans un endroit d'où ils ne revenaient jamais.

Des rumeurs circulaient à ce sujet... Certains disaient que les prisonniers étaient emmenés au-delà du désert et que les Maures les faisaient travailler comme esclaves. Personne n'avait jamais pu confirmer de telles histoires. On savait seulement que de nombreux villages avaient été ainsi vidés de leur population.

L'un des Maures s'avança vers la famille de Lygaya. Il parlait parfaitement bien le bantou, la langue des gens du village.

— Toi, dit-il, en s'adressant à Pinto. Approche...

Pinto lâcha la main de son fils et s'avança en baissant la tête. Dans cette situation incompréhensible, il était humilié de ne pouvoir réagir comme un vaillant guerrier.

L'homme lui fit signe de rejoindre le groupe déjà formé sur sa droite. Pinto s'exécuta sans rien dire. Il savait que cela ne servirait à rien de se rebeller, sinon à mettre sa vie et celle des siens en danger.

Sanala et Lygaya rejoignirent à leur tour le groupe des femmes et des enfants.

Des mères pleuraient, car leurs bébés devaient rester au village avec les vieillards. En effet, les marchands d'esclaves ne voulaient pas s'encombrer d'enfants de moins de dix ans, sachant par expérience qu'ils ne supporteraient pas le voyage et qu'ils mourraient avant d'avoir atteint la côte. Les cris et les pleurs des femmes se mêlaient aux ordres des Maures, qui faisaient claquer leur fouet, tandis que les vieillards tentaient de protéger de leur corps leurs petits-enfants.

Après avoir choisi les hommes, les jeunes femmes et les enfants les plus robustes, ils les lièrent les uns aux autres et les obligèrent à s'asseoir. L'un des Maures déposa plusieurs «carcans» à terre. Il s'agissait de planches de bois massif, d'environ deux mètres de long, fourchues à l'un des bouts. En quelques minutes, les carcans furent fixés aux prisonniers qui n'auraient ainsi plus aucune possibilité de s'échapper.

Quant aux enfants, ils furent simplement attachés les uns aux autres avec une corde. La caravane ainsi constituée se mit alors en route en direction de l'Ouest, vers la côte.

Ils marchèrent ainsi durant des jours et des jours sous un soleil brûlant. Leurs corps étaient couverts de poussière, la plante de leurs pieds les faisait souffrir. Même les plus forts et les plus endurcis faiblissaient. La nuit, un campement était organisé. C'était le seul moment de la journée où les prisonniers pouvaient se reposer et dormir, sous la surveillance d'une dizaine de gardes. Deux fois par jour, on leur servait un repas composé d'eau et de manioc, une sorte de tapioca.

Le soir, Lygaya pleurait en silence avant de s'endormir. Il était triste de voir ses parents attachés et parfois battus, lorsqu'ils n'avançaient pas assez vite. Lygaya souffrait. Il pensait à s'enfuir... Mais comment pourrait-il partir ? Il ne pouvait se résigner à abandonner ses parents...

Ce voyage dura vingt jours et vingt nuits. À l'aube de la vingt et unième journée, épuisés, couverts de poussière, ils atteignirent la Côte des Esclaves, au Sénégal.

Lygaya n'en revenait pas. C'était la première fois qu'il voyait la mer ! Jamais il n'aurait pu imaginer qu'une telle merveille pût exister... Il s'arrêta pour contempler l'immense étendue d'eau devant lui. Émerveillé, il demeura un instant interdit devant ce désert bleu qui s'étalait à perte de vue.

— Eh toi... avance ! Allez avance ! cria l'un des gardes. Avancez... allez ! reprit-il en faisant claquer son fouet.

Tous les prisonniers s'étaient arrêtés pour admirer la mer. Mais les coups de fouet les rappelèrent bientôt à l'ordre et la caravane reprit sa route.

À la tombée du jour, ils arrivèrent dans un petit village de pêcheurs. Apparemment, tout semblait tranquille. Rien ne bougeait. La caravane se dirigea vers la place du village et les gardes firent entrer les prisonniers dans une immense case sans toit, où d'autres Noirs étaient entassés. Ils ôtèrent les carcans et détachèrent les chaînes qui emprisonnaient les hommes. L'enclos était petit, étroit, d'une saleté repoussante. L'air était imprégné d'une forte odeur d'urine et de sueur.

Une fois libéré, Lygaya se précipita dans les bras de sa mère. Pinto vint les rejoindre.

— Ils vont nous laisser là quelque temps, je pense. J'ai entendu dire des choses affreuses sur ces hommes. Il faut que tu saches, Lygaya, que nous risquons d'être séparés. Si tu te retrouves seul, il faudra que tu sois fort... très fort, comme un vrai chasseur. Nous ne devons pas chercher à nous enfuir, ils nous tueraient... Tu feras donc exactement ce qu'ils te diront de faire. Mais si jamais une occasion se présentait à toi... File... Ne t'occupe pas de nous...

L'enfant comprit que leur situation était désespérée.

Sanala serra son fils dans ses bras. Son regard trahissait son inquiétude.

— Que vont-ils nous faire ? Pourquoi nous gardent-ils prisonniers ?

— Ce sont des marchands d'esclaves, Sanala, répondit Pinto. Ils nous vendront dans les jours prochains à d'autres marchands qui nous emmèneront de l'autre côté de l'eau. Nous serons peut-être séparés pour toujours...

Pinto n'eut pas le temps d'achever sa phrase. Dix gardes, munis de seaux d'eau, entraient.

— Les derniers qui viennent d'arriver... avancez ! cria l'un d'eux en bantou.

Pinto, Sanala et Lygaya avancèrent ensemble. Les autres les suivirent.

Les gardes alignèrent tous les prisonniers côte à côte et les aspergèrent d'eau pour les nettoyer de la poussière du voyage. L'eau était fraîche. Lygaya passa sa langue sur ses lèvres et fut étonné d'y découvrir un goût nouveau. Il n'avait encore jamais goûté à l'eau salée. De l'eau de mer...

Après cette toilette forcée, une ration de manioc accompagnée de boulettes de viande leur fut servie. Une fois leur repas pris, les derniers arrivants s'endormirent, épuisés.

Le lendemain matin, les rayons du soleil réveillèrent Lygaya. Il avait passé la nuit blotti contre sa mère. Le sommeil lui avait fait oublier pendant quelques heures la situation misérable dans laquelle ses parents et lui se trouvaient. Il reprit ses esprits et se leva d'un bond. Dans un coin de l'immense case, les hommes étaient assis en rond et discutaient de la situation. Le ton était sérieux et chacun tentait de trouver une solution, se promettant les uns les autres de s'occuper des enfants s'ils étaient séparés de leurs parents. Des bribes de conversation parvinrent aux oreilles de Lygaya :

— Il faudra protéger les femmes et les enfants et, surtout, ne jamais nous battre entre nous... Toujours nous aider les uns les autres... C'est une question de survie ! dit l'un d'entre eux.

— La condition d'esclave est très dure... Certains d'entre nous n'arriveront pas de l'autre côté de l'eau... Déjà que le voyage jusqu'ici nous a épuisés... Combien de temps durera la traversée de l'eau? Nous n'en savons rien... Et de plus, nous ne sommes pas nourris correctement... reprit un autre.

— Je pense à mon fils... à nos enfants... Qu'adviendra-t-il d'eux si jamais parents et enfants étaient séparés? Auront-ils le courage de supporter les coups et les souffrances qui sont le lot des esclaves? Il faut que nous nous promettions tous de les protéger et de les aider...

C'était la voix de Pinto. Les yeux de Lygaya s'embuèrent. Ainsi donc, on allait peut-être lui arracher ses parents? L'enfant sentit une grande tristesse l'envahir.

Vers midi, on leur distribua de la nourriture: du riz, des fèves et quelques fruits. Les rations étaient copieuses, car les futurs esclaves devaient être en parfaite santé. En effet, au cours des jours suivants, ils seraient présentés aux acheteurs, sans compter qu'il leur faudrait supporter un long voyage en mer.

Ils purent ainsi se reposer durant trois jours complets. À l'aube du quatrième jour, les geôliers déposèrent des seaux d'eau à l'entrée de la case et leur ordonnèrent de se laver. Il n'y avait que trois seaux pour tous les prisonniers. Les hommes décidèrent que les enfants et les femmes se laveraient les premiers. Lygaya aspergea son visage avec un peu d'eau et s'aperçut qu'en séchant, l'eau laissait sur sa peau des traces blanches : c'était des traces de sel.

Après le repas de midi, la porte s'ouvrit de nouveau et une vingtaine de Maures, armés de sabres et de fouets, ordonnèrent à tous de sortir. Sur la place, un homme blanc était assis à une petite table en bois sur laquelle reposait un gros livre. L'homme parlait une langue inconnue... C'était un Français, un négrier — ainsi appelait-on les marchands d'esclaves. À côté de lui, il y avait un «gongon», une sorte de cloche que l'un des gardes secouait chaque fois qu'il voulait attirer l'attention de l'assistance.

Debout sur la place, tout autour, des hommes richement habillés attendaient le début de la vente. C'était le marché aux esclaves! Dans un coin, des marchandises étaient entassées : tissus de coton enroulés, tonneaux d'eau de vie, fusils, étoffes de toutes les couleurs, barils de poudre et pacotilles... Il y avait aussi des «cauris», ces petits coquillages indiens qui, à cette époque, servaient de monnaie d'échange dans ce pays. Les marchandises apportées par les négriers allaient être bientôt troquées contre les prisonniers.

— Toi, viens ici...

L'homme enturbanné s'adressait à Lygaya.

L'enfant lâcha la main de sa mère et se dirigea timidement vers lui. L'homme l'entraîna brutalement par le bras au centre du groupe, sur la place.

— Voici un négrillon (c'est ainsi que l'on appelait les enfants noirs à cette époque). Il est en parfaite santé... Il doit avoir une douzaine d'années et peut être vendu seul ou avec sa mère... Il est robuste, sa dentition est parfaite... il supportera très bien le voyage... Il sera à celui qui m'en donnera un fusil, quatre pièces de cotonnade, un baril d'eau de vie et un collier de corail! annonça-t-il à l'assistance.

— Trop cher! cria une voix dans l'assemblée des négriers. Une pièce de cotonnade suffit!

— Quoi? Une seule pièce de cotonnade pour un petit négrillon qui deviendra dans quelques années un fort et beau Noir, qui pourra être père d'autres petits esclaves? Soyez raisonnables! C'est un bon prix! Vous savez tous qu'il est de plus en plus difficile de les capturer, car ils sont devenus méfiants...

— Il est à moi! cria une voix. Je l'embarque demain à l'aube. Il me faut encore une dizaine d'esclaves pour remplir les cales de mon navire. La cargaison qui s'y trouve actuellement n'est pas suffisante. Et il y a encore de la place pour du «bois d'ébène». Je veux rentabiliser mon voyage. Nous appareillerons demain dans la journée.

Lygaya fut poussé de l'autre côté de la place du village, vers un groupe d'esclaves assis par terre et surveillés par des hommes armés. De l'endroit où il se trouvait, il pouvait suivre sans peine les événements.

Deux gardes se dirigèrent vers le groupe d'esclaves où se trouvaient Pinto et Sanala... Ils les empoignèrent et les ramenèrent avec eux. Lygaya ne comprenait pas ce qui se passait, car les hommes ne parlaient pas bantou, mais français. Lorsqu'il vit l'homme qui venait de l'acheter se diriger vers Sanala, son sang ne fit qu'un tour.

— Combien la femme noire? demanda-t-il.

— Trois tonneaux d'eau de vie, deux fusils, deux barils de poudre... répondit le marchand. Elle peut avoir d'autres enfants... Elle est jeune et en bonne santé. C'est la mère du petit négrillon que vous venez d'acheter... ajouta-t-il.

— Je l'achète pour deux barils et un fusil, dit l'autre, tout en inspectant les yeux, les mains, les dents et en palpant les bras de Sanala.

— Si tu me donnes un tonneau d'eau de vie en plus, je te la laisse. Sinon, je perds mon temps avec toi... Je peux aussi te vendre le père. À condition que tu me donnes deux fois plus de tonneaux d'eau de vie et que tu rajoutes trois fusils, dit-il en désignant Pinto du doigt.

— Non! Je ne veux pas du père. Une famille complète sur un navire, ça peut créer des problèmes. La mère et l'enfant seulement. Demande-leur de sauter et de remuer les bras. Je veux voir si leurs articulations sont en bon état.

Le marchand se retourna vers Lygaya et Sanala. Il leur cria en bantou :

— Vous deux... Venez ici! Remuez vos bras et vos jambes. Allez, vite!

Pinto observait la scène et vit Sanala qui, humiliée, fut obligée de sauter en remuant ses jambes et ses bras, comme un pantin désarticulé... Lygaya imita sa mère; ses yeux lançaient des appels de détresse.

— Parfait, reprit le capitaine du navire, ils semblent être en bonne condition physique. Tu auras la marchandise réclamée. As-tu d'autres Noirs à me proposer?

Le marchand repoussa Lygaya et sa mère devant un garde armé qui les ramena vers le petit groupe d'esclaves.

Lygaya, qui s'était rapproché de sa mère, vit deux larmes couler lentement sur ses joues. Il baissa la tête, serra très fort ses poings, impuissant, et se mit à pleurer.

2

LE VOYAGE

Lygaya et sa mère attendaient, assis, avec les autres esclaves. Le groupe de Pinto avait déjà rejoint la case principale. En fin d'après-midi, trois gardes armés conduisirent Lygaya, Sanala ainsi que les autres esclaves vendus, vers une case au milieu de laquelle brûlait un feu. Un homme s'affairait autour du brasier.

Lygaya comprit immédiatement ce qui les attendait : les esclaves vendus allaient être marqués au fer rouge, afin qu'on puisse les identifier facilement. Lorsque son tour arriva, Lygaya ferma les yeux et serra les dents. La morsure de la brûlure le transperça. Le sol se déroba sous ses pieds et il perdit connaissance. Un des hommes lui jeta alors un seau d'eau fraîche à la figure. Lorsqu'il ouvrit les yeux, Sanala, en larmes, lui caressait doucement les cheveux. Lygaya remarqua sur le bras de sa mère la marque qu'avait laissée le fer rouge. Puis, les gardes les ramenèrent à la case principale, où ils retrouvèrent Pinto et les autres.

Lorsque Pinto vit Sanala et Lygaya apparaître dans l'embrasure de la porte, il se précipita sur eux. Le regard de Sanala en disait long.

— Ils ont mis une marque sur notre peau! Que vont-ils faire de nous à présent? demanda Sanala.

— Ils vont nous faire travailler, Sanala. Comme ils font aussi travailler les animaux, répondit Pinto.

Puis, il fit ce qu'il n'avait pas fait depuis fort longtemps : il prit Lygaya dans ses bras et l'emmena vers un coin reculé de la case où il le déposa sur une paillasse. Lygaya s'endormit.

Le lendemain à l'aube, accompagnés de trois marins, les gardes vinrent chercher Sanala, Lygaya et cinq autres prisonniers qui avaient été vendus la veille. Pinto serra une dernière fois son fils dans ses bras. Lygaya comprit qu'ils seraient séparés et qu'il ne reverrait sans doute jamais plus son père.

— Surtout, prends soin de ta mère et sois fort, comme un vrai chasseur, dit Pinto. Souviens-toi toujours de notre village et des moments heureux que nous avons passés ensemble. Et si tu es séparé de ta mère, si tu es seul, sois courageux et pense souvent à nous... Ne baisse jamais les bras. Ne te décourage jamais !

Puis il se tourna vers Sanala et, doucement, lui toucha l'épaule pour lui dire au revoir. En pleurant, elle prit la main de Lygaya dans la sienne et suivit le groupe d'esclaves encadré par les gardes.

Après être sortis du village, ils empruntèrent un petit chemin qui menait à la mer. Lorsqu'ils arrivèrent sur la plage, les gardes les firent monter dans une chaloupe. Malgré son anxiété, Lygaya fut à nouveau subjugué par l'immensité de la mer. Les yeux grands ouverts, il ne pouvait détacher son regard de l'eau. Au loin, un énorme navire avait jeté l'ancre et attendait sa cargaison. C'était un vaisseau négrier...

La chaloupe dans laquelle les marins et les esclaves avaient pris place aborda le vaisseau quelques minutes plus tard.

Sous l'œil attentif du capitaine, une dizaine de marins, armés de fusils, aidèrent les esclaves à monter à bord. Puis, après avoir déposé sa «cargaison», la petite embarcation s'éloigna en direction du rivage.

Dès qu'il fut sur le pont, Lygaya, qui n'était pas habitué au balancement du navire, perdit l'équilibre. Il avait l'impression que tout tournait autour de lui et il avait du mal à se maintenir debout et droit. Le navire tanguait, tantôt d'un côté, tantôt de l'autre. Ce fut pire lorsqu'ils descendirent dans l'entrepont. L'un des marins ouvrit la porte; aussitôt, une odeur pestilentielle d'urine monta du fond du navire : Lygaya eut un haut-le-cœur.

Il faisait noir dans le ventre du navire, mais on devinait la présence d'autres prisonniers. Lorsque ses yeux se furent habitués à l'obscurité, Lygaya put discerner d'autres esclaves, tous enchaînés, entassés les uns sur les autres. Ils étaient allongés sur des planches alignées sur deux niveaux. Certains d'entre eux gémissaient, d'autres étaient parfaitement immobiles et silencieux, l'œil hagard. Tous souffraient du mal de mer. Il y avait à peu près deux cents personnes parmi lesquelles d'autres enfants, comme lui.

On enchaîna immédiatement les nouveaux arrivants. Seuls les enfants pouvaient rester libres de leurs mouvements. Fatiguée, Sanala s'allongea. Lygaya se coucha à ses côtés mais, à cause du mal de mer, il n'arrivait pas à s'endormir. Il ferma les yeux et ce fut pire... Il avait l'impression que le sol se dérobait sous lui et, ne parvenant pas à maîtriser les contractions de son estomac, il se mit à vomir.

Les prisonniers ne pouvaient cacher l'angoisse qu'ils éprouvaient en entendant les craquements lugubres de la coque du bateau. Lygaya aussi avait peur. Ses muscles se contractaient et son ventre lui faisait mal. Il regardait autour de lui et n'en croyait pas ses yeux. Le spectacle qui s'offrait à lui était ahurissant : dans la demi-obscurité, de nombreux esclaves vomissaient, d'autres se lamentaient en se tordant de douleur. L'air était suffocant, irrespirable.

Au bout de quelques minutes, Lygaya se sentit un peu mieux. Il aperçut alors d'autres enfants rassemblés dans un coin de l'entrepont. Il décida de les rejoindre. Tant bien que mal, tentant de conserver son équilibre, il avança vers le petit groupe. Chacun parlait dans la langue de sa tribu, ce qui rendait la communication difficile. Une petite fille s'approcha de Lygaya. Il la connaissait et fut heureux de rencontrer un visage familier. Elle venait du même village que lui. Elle s'appelait Anama et, comme lui, elle parlait le bantou.

— Où sont tes parents? lui demanda-t-il?

— Je suis toute seule, mon père et ma mère sont restés sur la terre. J'ai peur! avoua-t-elle en baissant la tête.

Malgré sa propre frayeur, Lygaya tenta de rassurer Anama qui était terrorisée.

— Salamo, le sorcier, dit que les Blancs nous emmènent de l'autre côté de l'eau pour nous manger. Crois-tu que cela soit vrai? demanda-t-elle.

— Non, c'est faux. Mon père, Pinto, m'a dit que c'était pour nous faire travailler... comme des esclaves. Ce sera très dur. Ne crains rien, nous resterons ensemble. Mon père est resté sur la terre, mais ma mère est avec moi. Elle s'occupera de toi...

Tout à coup, le navire fit un bruit épouvantable. Il craquait de partout... On aurait dit qu'une main géante cherchait à l'écraser. Puis le bateau bougea et, brusquement, se pencha d'un côté, celui où les voiles se gonflaient : il donnait de la gîte. Lygaya se recroquevilla sur lui-même. Les autres enfants, pris de panique, l'imitèrent. Une grande frayeur s'empara de lui et il se mit à trembler. Anama cacha sa tête entre ses genoux. Lorsque le navire se stabilisa, Lygaya comprit que le grand voyage dont lui avait parlé son père commençait. Le bateau négrier sortit de la rade et se dirigea vers le large, toutes voiles dehors.

Deux heures passèrent. Lygaya et Anama, désemparés, restaient près de Sanala qui, elle aussi, souffrait du mal de mer. Autour d'eux, d'autres adultes étaient mal en point. Lygaya n'avait pas bougé et avait conservé sa position initiale. Toujours immobile, Lygaya tournait et retournait dans sa tête les questions auxquelles, malheureusement, personne ne pouvait répondre :

«Peut-être allons-nous passer le restant de nos jours sur cette case flottante, se disait-il. Peut-être que, de l'autre côté de l'eau, il n'y a pas de terre... et que nous allons revenir au point de départ... Combien de temps cela va-t-il durer? J'ai peur... très peur.»

Soudain, la porte s'ouvrit. Six marins entrèrent dans l'entrepont et y déposèrent trois gros tonneaux de vinaigre.

L'un d'eux fit signe aux enfants :

— Allez hop! sur le pont les négrillons.

Ne comprenant pas ce que disait le marin, les quinze enfants se rapprochèrent les uns des autres en protégeant leur visage de leur bras, de crainte d'être battus.

Le marin s'approcha du petit groupe, prit deux enfants par la main et les entraîna vers le pont. Lygaya, qui tenait la petite main d'Anama dans la sienne, décida de les suivre. Confiants, les autres enfants leur emboîtèrent le pas.

Sur le pont, le vent frais du large fouetta leur visage et leur fit beaucoup de bien. Les enfants étaient ébahis par le spectacle qui s'offrait à eux. La grand-voile était gonflée par le vent, entourée d'autres, plus petites, qui ressemblaient à des ailes d'oiseau. La mer avait changé de couleur. Maintenant, elle était bleu foncé, presque noire. Lygaya se souvint que près de la côte, l'eau était verte et cristalline. Il oublia un moment sa peur et leva la tête : tout en haut du mât de misaine, un marin scrutait l'horizon. L'enfant l'enviait de pouvoir être si près du ciel... si loin de l'entrepont et de son horreur.

Le corps de Lygaya commençait à s'habituer au roulis et l'enfant arrivait presque à conserver son équilibre. Son regard ne pouvait se détacher du grand mât. La vigie, de son poste d'observation, cria quelques mots. Lygaya était passionné par tout ce qui l'entourait. Il ne comprenait pas comment une «case» aussi grosse pouvait flotter et glisser sur l'eau aussi vite.

De moins en moins méfiants, les enfants se dirigèrent vers l'avant du bateau, accompagnés par l'un des marins. Leurs regards ne pouvaient se détacher de l'océan. Les vagues fouettaient la proue du navire et les gamins s'amusaient des embruns. Les gouttelettes d'eau de mer, emportées par le vent, s'écrasaient sur leurs visages. D'énormes poissons sautaient devant le navire et semblaient lui ouvrir le chemin. C'était des dauphins. Ils accompagnèrent le navire pendant presque tout le voyage. Parfois, des requins aussi suivaient le bateau, dans l'espoir de récupérer les restes des repas.

Lygaya était émerveillé par tout ce qu'il découvrait, mais il était cependant malheureux à cause de sa condition. Si au moins il avait pu partager son enthousiasme avec Sanala, qui était restée enchaînée comme un animal dans l'entrepont !

À la fin de la journée, l'un des marins les reconduisit à l'entrepont.

— Il est l'heure d'aller se coucher, leur dit-il, en les dirigeant vers le ventre du navire.

En bas, la chaleur était étouffante et l'odeur fétide qui y régnait, parut insupportable à Lygaya et à ses amis. Il retrouva immédiatement sa mère. Sanala souffrait en silence, recroquevillée sur elle-même. Trop malade, comme beaucoup d'autres esclaves, elle n'avait pu manger la ration de fèves et de riz pimenté qui lui avait été donnée. Près d'elle, une jeune femme ne cessait de pleurer depuis le départ : on l'avait séparée de son jeune enfant, qui était resté dans son village natal.

Lygaya s'allongea près de sa mère. Il pensait à son père. Où était-il maintenant? Pourquoi avaient-ils été séparés? Il se demandait si, un jour, il retournerait dans son village et reverrait son grand-père. «Comment vais-je faire, maintenant, pour devenir un grand chasseur?» se lamenta-t-il. À côté de lui, la petite Anama faisait des efforts pour trouver le sommeil. Balancés par le roulis du navire, les deux enfants finirent par s'endormir.

Le lendemain matin, les marins firent irruption dans l'entrepont. Ils délivrèrent les femmes qui, dès lors, purent aller et venir à leur guise sur le navire. L'une d'elles, prise de panique, parvint à échapper à la vigilance des geôliers et sauta par-dessus bord. Le vaisseau poursuivit sa route...

Horrifié par ce qu'il venait de voir, Lygaya se sentit défaillir. Il s'assit un instant, ferma les yeux et tenta de retrouver dans ses souvenirs quelques images de son village. Il huma très fort l'air du large et rouvrit les yeux, comme pour se persuader qu'il venait de faire un cauchemar. Il sentit alors la main de Sanala se poser sur sa tête. Leurs regards se croisèrent et l'enfant crut discerner dans les yeux de sa mère une profonde détresse. Doucement, il prit sa main, la serra très fort dans la sienne et enfouit son visage au creux de son épaule, comme il le faisait quand il était plus petit. Cela le rassura; il releva la tête et sentit des gouttelettes sur sa peau. C'était les larmes de Sanala.

Pendant la première semaine les esclaves furent étroitement surveillés par l'équipage. Les hommes étaient enchaînés deux par deux dans l'entrepont, alors que les femmes et les enfants pouvaient se déplacer librement sur le navire. Les femmes aidaient à la préparation des repas, pendant que les enfants allaient d'un marin à l'autre, couraient de la poupe à la proue, exploraient les moindres recoins du navire, s'interrogeant sur tout ce qu'ils découvraient.

Lygaya tentait de comprendre le fonctionnement du bateau, observait les voiles, se demandant pourquoi subitement trois voiles étaient affalées et remplacées par quatre autres... Des milliers de questions affluaient à son esprit, au sujet d'un univers qui lui était inconnu.

Dès le cinquième jour, l'un des marins libéra cinq hommes pour qu'ils surveillent les autres esclaves. En leur donnant la responsabilité des prisonniers, on les obligeait ainsi à dénoncer les complots ou les mutineries.

À l'aube du huitième jour, l'un d'eux dit à quelques esclaves :

— Il faut laver le pont du bateau.

Les esclaves s'exécutèrent, aidés des enfants qui voyaient cela comme un jeu. Lygaya savait, lui, que ce n'était pas un jeu mais une servitude et que, dorénavant, il devrait toujours obéir aux ordres. Il sentit alors naître en lui une profonde haine contre ces hommes qui le traitaient comme un animal. Il fallait qu'il trouve un moyen de s'échapper avec sa mère et Anama. Mais comment ? L'image de la jeune femme qui s'était jetée à la mer lui revint à l'esprit. Découragé, il décida de ne rien tenter et reprit son travail.

Tous les trois jours, l'entrepont était nettoyé à grande eau et désinfecté avec du vinaigre et de l'encens, afin d'éviter que la vermine ne s'y installe. L'odeur de l'encens qui se mélangeait à celle du vinaigre et de l'urine incrustée dans le bois, soulevait le cœur des passagers de l'entrepont.

3

UNE NOUVELLE TERRE

Il y avait dix jours maintenant que le navire avait pris la mer. La vie à bord s'était organisée. Lygaya ne se posait plus trop de questions et semblait attendre ce que l'avenir lui réservait. Il ne pouvait pas savoir que ce navire avait déjà transporté plusieurs cargaisons d'esclaves, de l'Afrique vers l'Amérique, et qu'il continuerait encore à le faire jusqu'en 1860, date de l'abolition de l'esclavage.

Chaque jour, depuis le début du voyage, les prisonniers étaient réunis par groupe de dix sur le pont, puis aspergés d'eau. C'était là l'unique mesure d'hygiène à laquelle ils avaient droit.

Au matin du dixième jour, après qu'on eut rassemblé et lavé à grande eau les esclaves, on leur rasa le crâne pour que les poux ne s'installent pas dans leur chevelure.

— Toi... approche... à ton tour ! dit un marin en s'adressant à Lygaya en bantou.

Lygaya ne bougea pas. Il avait très peur de se faire raser la tête, car il pensait que sa chevelure ne repousserait plus. Le marin se dirigea vers l'enfant et l'obligea à s'asseoir sur un petit tabouret. Lygaya, muscles tendus, ne broncha pas et se laissa faire, comme les autres.

Puis, vint le tour de Sanala. L'enfant fut attristé de voir tomber sur le sol les petites nattes de sa mère. Il savait que Sanala avait beaucoup de peine, car dans son village les femmes passaient des heures à se natter les cheveux. Cela faisait partie des attributs de leur beauté. Une femme chauve était considérée comme laide.

Lorsqu'elle eut la tête rasée, Sanala éprouva une si grande honte qu'elle tenta de dissimuler son crâne avec ses mains. Voyant cela, les marins se mirent à rire et se moquèrent d'elle. Une colère sourde s'empara de Lygaya qui, impuissant, ne put intervenir. Encore une fois, il ressentit très fort l'humiliation de l'esclavage.

— Bien! dit le marin en s'adressant à_Lygaya. Maintenant, tu vas voir le chirurgien...

Tout en parlant, il lui désigna du doigt un drôle de bonhomme.

Le «chirurgien» était un petit homme ventru qui portait des lunettes rondes, perchées sur le bout d'un gros nez rouge. Il avait une grande barbe rousse qui lui mangeait le visage et des cheveux hirsutes. Le bonhomme s'approcha de l'enfant :

— Respire, dit-il.

Voyant que Lygaya ne comprenait pas, il inspira profondément et invita l'enfant à l'imiter. Puis il appliqua son oreille contre le torse de Lygaya, qui se demandait ce que cet homme à la chevelure de feu pouvait bien entendre dans son corps.

À partir de ce jour et pendant tout le voyage, le médecin du navire (que l'on appelait à l'époque le «chirurgien») ausculta chacun des esclaves. Lorsque l'un d'eux semblait atteint par une maladie, il était immédiatement mis à l'écart, afin de ne pas contaminer les autres.

Malgré cette précaution, quelques esclaves moururent du scorbut, une maladie très courante à cette époque sur les navires, causée par le manque de vitamine C. Cela commençait toujours par de la fièvre, suivi par un amaigrissement et des vomissements. Si le malade n'était pas soigné, d'importantes hémorragies survenaient, puis c'était la mort.

Après avoir été ausculté par le drôle de bonhomme, Lygaya décida d'écouter, à son tour le corps d'Anama. Il posa son oreille contre le dos de la fillette, comme il l'avait vu faire par l'homme roux, mais, bien évidemment, il n'entendit rien.

— Il doit avoir un secret, dit-il à Anama.

— C'est le sorcier, répondit la fillette, sûre d'elle.

Lygaya regardait le chirurgien d'un air pensif. «Curieux sorcier que ce petit homme au gros ventre, pensa-t-il. Où sont donc ses herbes?» Dans son village, les sorciers portaient, autour de la taille, des herbes qui servaient à la guérison des malades. Celui-ci n'en possédait pas, hormis une grande mallette, d'où parfois il sortait un objet bizarre.

Plusieurs esclaves étaient très mal en point. Sanala avait beaucoup maigri et Lygaya craignait qu'elle ne tombât malade, comme les trois esclaves qui étaient déjà morts du scorbut.

Trois jours plus tard, au moment de la toilette, des prisonniers voulurent se rebeller. Un jeune esclave, après avoir trouvé un clou sur le pont, réussit à enlever les fers qui emprisonnaient sa cheville. Puis, il délivra trois autres hommes. Cependant, surpris par leurs gardiens, les quatre esclaves furent attachés au grand mât et fouettés, pour l'exemple, devant les autres prisonniers rassemblés. Lygaya, qui assista à la scène, serra les dents et des larmes voilèrent son regard. Il comprit à quel point il était impuissant face à la méchanceté de ces hommes. À partir de ce jour-là, aucun esclave n'osa plus se mutiner, et le calme revint sur le navire.

Parfois, les marins jouaient avec les enfants, et s'amusaient à leur enseigner leur langue. Lygaya avait très vite appris quelques mots de français, surtout des termes de marine. Il savait maintenant que ce qu'il appelait «l'eau», portait un nom : «l'océan Atlantique». Il avait associé d'autres mots à celui-ci et, chaque matin, il saluait les marins en leur disant : «Océan Atlantique... Beau!», lorsque la mer était calme, ou bien : «Océan Atlantique... Pas beau», lorsque la mer était houleuse. La fillette, toujours anxieuse, le suivait partout. Anama était encore persuadée qu'elle servirait de nourriture aux Blancs dès que le bateau accosterait. Lygaya avait beau la rassurer, rien n'y faisait.

Une nuit, le navire se mit à bouger très fort, à se balancer dans tous les sens et à craquer de toutes parts. Le bruit était infernal. Tous les esclaves furent malades. De l'eau s'infiltra dans l'entrepont et personne ne put dormir. Tous étaient angoissés et croyaient qu'ils iraient bientôt rejoindre leurs ancêtres. L'humidité se faisait plus enveloppante, car l'entrepont était inondé.

— L'eau est en colère! criaient certains esclaves.

— Les dieux sont contre nous, dit l'un d'eux, qui avait été sorcier dans son village.

Lygaya et Anama s'étaient blottis contre Sanala.

— J'ai peur, dit Lygaya d'une voix tremblante.

— Ne bouge pas, reste près de moi. Je vais te chanter une chanson, répondit sa mère.

Elle entama une mélopée, un air que Lygaya connaissait, qu'elle chantait pour l'endormir lorsqu'il était petit. Les autres esclaves se mirent à chanter à leur tour et leurs voix parvinrent presque à couvrir les craquements du bateau. Ces chants rassurèrent les enfants.

Le lendemain, les enfants ne furent pas autorisés à monter sur le pont.

Lygaya comprit que l'océan Atlantique s'était déchaîné. C'était une tempête. Elle dura deux jours et deux nuits pendant lesquels personne ne put trouver le repos. Les esclaves durent passer tout ce temps enfermés, pendant que les marins s'affairaient sur le pont.

— Joue…, demanda Lygaya à un esclave qui possédait un tam-tam. Celui-ci avait été autorisé à conserver son instrument pour distraire les captifs.

Dès que le tam-tam résonna dans l'entrepont, les prisonniers chantèrent de nouveau, pour oublier leur angoisse. Leurs chants s'élevaient, graves et nobles, sans aucune parole. Les voix gutturales se développaient doucement, gagnant lentement en puissance pour former un ensemble harmonieux où se mêlaient les voix des femmes à celles, plus puissantes, des hommes. Ce chœur traduisait l'infinie tristesse de tous les prisonniers.

La tempête passée, la vie à bord reprit son cours. Il fallut sécher, nettoyer l'entrepont et remettre le bateau en état après la tourmente qui avait fait de nombreux dégâts.

Le quarantième jour, en début d'après-midi, la voix de la vigie retentit en haut du grand mât.

— Terre! Terre!

De son poste d'observation, l'homme venait de crier le mot magique.

Les marins hurlaient de joie, abandonnant leur corvée pour sauter comme des enfants. Lygaya et ses amis se précipitèrent à l'avant du bateau, pour essayer d'apercevoir ce qui donnait une telle joie aux hommes. Ils virent la côte se profiler à l'horizon. «C'est donc ça, pensa Lygaya.

La terre se rapproche.» Lygaya était songeur. Que lui réserverait cette terre qui n'était pas la sienne? Y aurait-il des villages, des animaux, une forêt pour chasser? «Est-ce que les hommes me laisseront chasser? Et notre vie, comment sera-t-elle? Je serais peut-être séparé de Sanala? Que deviendra-t-elle sans moi?» En soupirant, il serra très fort la main d'Anama, essayant de cacher son angoisse à la petite fille.

Cette nuit-là, incapable de dormir à cause de toutes ces incertitudes qui le tiraillaient, Lygaya rejoignit les autres enfants pour jouer aux «abias», l'équivalent du jeu des osselets.

Au petit matin, la porte de l'entrepont resta fermée. Le bateau ne bougeait plus. On entendait seulement un petit clapotis contre la coque. Tout était calme. Les enfants allaient d'un esclave à l'autre pour transmettre les nouvelles, chacun voulant donner des recommandations à un ami, un parent enchaîné à l'autre bout de l'entrepont. En début d'après-midi, l'un des marins vint chercher les enfants.

Lorsqu'ils furent sur le pont, Lygaya découvrit l'immense baie où étaient ancrés une vingtaine de navires. Au loin, il vit une montagne dont le sommet était entouré d'un gros nuage. «Et si ce n'était pas la fin de notre voyage?» se dit-il. Il se dirigea vers l'un des marins qui raccommodait une voile et lui demanda, dans un français hésitant:

— Bateau pas bouger?

Le marin, absorbé dans son travail, leva la tête et regarda l'enfant d'un air étonné.

— Non... Nous sommes arrivés. Nous sommes à la Martinique, dans la baie de Saint-Pierre. Nous avons jeté l'ancre ce matin à l'aube. Ton voyage est terminé, petit.

Puis, en lui montrant la terre et la ville au loin, il ajouta:

— Martinique... Saint-Pierre.

Lygaya comprit que c'était le nom de sa nouvelle terre. Il voulut savoir à quel moment les esclaves débarqueraient.

— Nous partir?

— Non, pas encore, répondit le marin. Nous devons attendre quarante jours sur le bateau puis nous irons à terre plus tard, lorsque le chirurgien aura donné son accord. Ensuite, le navire sera nettoyé, réparé, calfaté, les voiles seront recousues. Nous embarquerons de la marchandise, du sucre, du café, du cacao, du coton et nous reprendrons la mer pour notre pays, la France. Notre port d'attache est Nantes. Nous y débarquerons la marchandise, nous passerons quelque temps avec nos familles, puis nous repartirons vers ton pays, l'Afrique. Et tout recommencera...

Lygaya écoutait le marin, sans vraiment comprendre ce qu'il lui disait. Pourquoi ce navire naviguait-il d'un bout à l'autre de l'océan, avec des hommes et de la marchandise à son bord? Lygaya ne voyait pas l'intérêt de tout cela.

— Mais pourquoi bateau aller, venir... sur l'eau...? demanda-t-il.

— Pour l'argent, petit... juste pour l'argent.

Tout en parlant, le marin sortit de sa poche une pièce ronde qu'il montra à Lygaya.

Non, vraiment, Lygaya ne comprenait pas que l'on puisse faire tant de choses inutiles et faire souffrir tant de gens pour une petite plaque de métal. Le marin, assis sur des cordages, regardait au loin.

— J'ai un petit garçon comme toi... Il s'appelle Michel, dit-il.

Lygaya regardait le marin d'un air perplexe. Le visage de l'homme avait changé et sa voix s'était faite plus douce. Lygaya ne comprit pas ses paroles, mais il sentit que l'homme n'était pas mauvais.

Sans doute pour cacher son émotion, le marin se leva et retourna à ses occupations, laissant Lygaya songeur.

L'entrepont fut nettoyé et désinfecté de fond en comble. Les prisonniers reçurent une nourriture beaucoup plus riche, composée de riz pimenté et de boulettes de viande. Des fruits frais furent distribués. Chacun reprenait des forces, pendant que les marins réparaient les dégâts causés par la tempête.

Le dernier jour de la quarantaine, une chaloupe avec trois hommes à bord approcha du navire. Il s'agissait du médecin affecté au port de Saint-Pierre, accompagné par deux marins. Chaque esclave fut ausculté, palpé, examiné attentivement. Alors le médecin du port s'adressa au capitaine :

— Je vous délivre l'autorisation de débarquer. Pas de variole, pas de maladie contagieuse. Quelques-uns de vos esclaves sont mal en point... rien de bien grave. Combien sont morts pendant la traversée?

— Dix... Le scorbut. Trois cas de dysenterie et une femme qui s'est jetée par-dessus bord. Un bon voyage... Une bonne cargaison... Il me reste 190 esclaves. Excellent voyage qui a duré six mois. De Nantes au Sénégal et de la Côte des Esclaves à Saint-Pierre.

— Je vous donne également l'autorisation d'organiser la vente des esclaves, dès que vous le souhaiterez, reprit le médecin.

Après le départ du médecin, l'équipage fut chargé de raser la tête de tous les esclaves, ainsi que les visages des hommes, d'enduire leur peau d'huile de palme afin de la rendre souple et brillante.

Anama n'en démordait pas: elle était persuadée qu'on les apprêtait ainsi dans l'unique but de les manger. Lygaya la rassura à nouveau et lui promit qu'il ne lui arriverait rien de semblable.

Les esclaves furent enchaînés les uns aux autres et passèrent la nuit sur le pont, sous la garde des marins armés de fusils. Cette nuit-là, encore, rongés par l'inquiétude, Lygaya et Sanala ne purent fermer l'œil. Au-dessus d'eux, une multitude d'étoiles scintillaient dans le ciel : «Le ciel de la Martinique est magnifique, pensa Lygaya. Presque aussi beau que celui de ma terre natale. Dommage que ces étoiles ne m'indiquent pas le chemin de la liberté...»

4

Un nouveau pays

Le lendemain, au lever du soleil, des marins armés réveillèrent les esclaves et leur ordonnèrent de nettoyer le pont. On passa ensuite à la toilette générale, et on obligea les esclaves à s'enduire à nouveau le corps d'huile de palme. Lygaya remarqua que des tentes avaient été montées sur le pont. Cela expliquait le va-et-vient constant des marins au cours de la nuit.

— Allez, entrez sous les tentes. Dépêchez-vous, cria un marin en poussant les prisonniers sous les toiles blanches.

Lygaya, la main d'Anama dans la sienne, suivait Sanala. Au loin, des dizaines de chaloupes approchaient avec, à leur bord, des planteurs en quête d'esclaves pour leurs plantations.

Les premières chaloupes abordèrent le navire quelques minutes plus tard. Des marins aidèrent leurs occupants à monter à bord.

Un homme richement vêtu, assez grand, aux yeux d'un bleu profond, s'approcha des prisonniers. Son regard s'arrêta un instant sur Sanala. Lygaya sentit la peur l'envahir. Cet homme lui déplaisait, car ses yeux perçants trahissaient sa cruauté. D'un ton sec, l'homme s'adressa au capitaine qui supervisait la vente :

— La négresse, est-elle en bonne santé ?

— Toute notre marchandise est en bonne santé. Vous n'avez rien à craindre... Le médecin du port nous a délivré un certificat médical. Tous ces esclaves peuvent travailler dès aujourd'hui.

Le marin qui, la veille, avait montré une pièce de monnaie à Lygaya, observait la scène du coin de l'œil. Son regard croisa celui de l'enfant.

— Les deux enfants sont avec elle ? interrogea l'homme, toujours sur le même ton.

— Peu importe, coupa le capitaine. Si vous n'en voulez pas, je pourrai toujours les vendre à quelqu'un d'autre. Mais si vous les prenez tous les trois, je vous ferai un bon prix.

— Non. Je n'aime pas les enfants. Ils ne me serviraient pas à grand-chose... sinon à me causer des problèmes !

À ce moment-là, l'attention du capitaine fut détournée par un autre acheteur intéressé par une jeune esclave. Le marin profita de cette occasion pour s'adresser à l'homme qui se tenait devant Sanala. Son regard perçant semblait chercher un détail qui lui permettrait d'obtenir un bon prix.

— Je ne vous conseille pas cette négresse... lui souffla le marin à l'oreille. Elle a eu le mal de mer durant tout le voyage et a perdu beaucoup de forces. À mon avis, vous ne la garderez pas six mois...

L'homme réfléchit un instant.

— Merci du conseil... répondit-il en tournant les talons.

Puis il se dirigea vers un autre groupe et s'arrêta devant un jeune prisonnier. Bien que Lygaya ne comprît pas vraiment le français, il devina que le marin venait peut-être de leur sauver la vie. Il lui adressa un regard reconnaissant, accompagné d'un timide sourire.

Un autre planteur, qui avait assisté à la conversation, s'adressa à son tour au marin. De taille moyenne, habillé tout en noir, il avait un visage doux et portait la barbe. Son regard, clair et franc, plongea dans celui de Lygaya. L'enfant baissa la tête. La voix de l'homme était calme et posée.

— Elle a l'air en pleine forme, cette femme. Ses deux enfants aussi. Les enfants grandissent et deviennent à leur tour des adultes qui peuvent travailler. Qu'en pensez-vous ?

Le marin approuva en soupirant :

— Ils sont très doux et très calmes. Je suis sûr qu'ils seront soumis à leur maître s'ils ne sont pas séparés. Ils sont vifs et intelligents.

— J'ai compris... répondit l'homme. Je cherche justement une esclave pour s'occuper de mon petit garçon de douze ans. Peut-être l'âge de celui-ci ? dit-il en regardant Lygaya. Ma femme est morte il y a six mois. Cette femme noire semble aimer les enfants... Pensez-vous que le capitaine me fera un bon prix pour les trois ?

— Bien sûr... Je m'en occupe, répondit le marin, qui se dirigea rapidement vers le capitaine du bateau.

Instinctivement, Lygaya savait que leur avenir était entre les mains du marin. Son cœur battit très fort dans sa poitrine. De petites gouttes de sueur perlaient sur son front. Il pensait : «Qu'adviendra-t-il d'Anama et de ma mère si nous sommes séparés ? Cet homme a l'air bon et juste. Son regard n'est pas celui d'un animal sauvage, perçant et froid comme celui de l'homme qui s'est arrêté devant nous tout à l'heure. Que va-t-il nous arriver maintenant ? Que fait le marin ? »

Quelques minutes plus tard, le marin revint vers le petit groupe. Le planteur n'avait pas bougé.

Les deux hommes rejoignirent le capitaine pour discuter des prix. Ils tombèrent d'accord. Lygaya vit le planteur se pencher sur un grand livre, prendre une plume et écrire. La vente venait d'être conclue. Le nouveau propriétaire revint alors vers Sanala et les enfants. Lygaya prit la main de sa mère et la serra très fort. Il était déterminé. Non, on ne le séparerait pas de sa mère.

Le planteur leur fit signe de le suivre. Sanala hésita. Encadrée par Lygaya et Anama, elle fit un pas en avant. Le planteur lui fit un autre signe, l'engageant à avancer avec ses deux enfants. Lygaya se retourna et adressa un regard interrogateur au marin qui les regardait s'éloigner. Celui-ci lui fit un vague signe et tourna rapidement la tête. Rassuré, Lygaya eut un soupir de soulagement et comprit que cette fois-ci, il ne serait pas séparé de sa mère. Cette pensée le rendit presque heureux.

Ils embarquèrent dans une petite chaloupe. Un marin rama en direction de la côte. Tranquillement, ils se rapprochèrent du port de Saint-Pierre. Lygaya voyait s'avancer vers lui un nouvel univers. Au loin, se dessinaient des maisons sur lesquelles le soleil venait s'écraser. Autour de la ville, une végétation luxuriante se déployait. La ville de Saint-Pierre était blottie au fond d'une immense baie où de nombreux navires étaient ancrés. Derrière la ville, une imposante montagne se dressait, au sommet de laquelle les gros nuages semblaient accrochés. C'était un volcan, la montagne Pelée...

Lorsqu'ils accostèrent au port de Saint-Pierre, Lygaya remarqua que l'air était imprégné d'une odeur particulière, où le parfum âcre des épices, mêlé à celui enivrant des fleurs, se mariait agréablement à l'odeur de la mer.

Dès qu'il eut posé pied à terre, Lygaya perdit l'équilibre. Il avait passé beaucoup de temps sur l'océan et son corps, cette fois-ci, n'était plus habitué à la stabilité du sol. Il trouva cette situation très drôle et s'en amusa avec Anama. Tous les trois avaient le tournis et éprouvaient beaucoup de difficulté à se tenir debout...

Il était onze heures du matin. Le port grouillait de monde car un marché était installé face à la mer. Des paniers de fruits et de légumes, d'épices et de fleurs formaient des taches colorées autour desquelles s'activaient des hommes, des femmes et des enfants, blancs et noirs. Lygaya fut tout d'abord frappé par l'abondance et la beauté de tous ces produits. Les vêtements des femmes attirèrent son attention. En Afrique, les habitants de son village vivaient nus et jamais, auparavant, l'enfant n'avait vu de femmes habillées. Celles-ci étaient vêtues de longues robes de dentelles aux couleurs claires. Lygaya s'étonna : leurs jambes et leur corps semblaient avoir disparu tout entier. Seuls leurs visages au teint incroyablement pâle et leurs mains restaient découverts. Il aperçut un jeune esclave qui tenait une ombrelle sous laquelle s'abritait une jeune femme très élégante. À quoi donc pouvait bien servir cette espèce de petit toit portatif ? « Vais-je devoir porter ces choses curieuses pour les femmes ? » se demanda-t-il.

Ils traversèrent la place du marché et se dirigèrent vers la rue principale. Lygaya, qui n'avait jamais vu de ville, était ébahi de tout ce qui l'entourait. Il remarqua que toutes les maisons étaient construites en pierres et qu'elles s'alignaient, bien droites, le long des rues pavées. Il fut impressionné par ces édifices imposants, par la foule bigarrée qui les entourait et qui circulait en tout sens. Soudain, une drôle de chose passa à côté d'eux. C'était une sorte de boîte avec une fenêtre, posée sur des grandes perches et portée par deux hommes noirs : l'un devant, l'autre derrière... Une chaise à porteurs... Les yeux de Lygaya s'agrandirent : «Peut-être qu'ils vont me faire porter une chose pareille...» Il n'en revenait pas. Puis, s'adressant à Sanala qui, elle aussi, découvrait avec stupéfaction ce nouveau monde :

— Nous sommes les seuls à être nus... Même les autres Noirs ont des étoffes sur eux...

Sanala ne répondit pas : elle aussi avait remarqué.

Le planteur les fit monter dans une calèche attelée à deux chevaux. Ils quittèrent le port en direction de la plantation. Une nouvelle vie pour Lygaya...

5

PIERRE

Durant l'heure et demie qu'ils passèrent sur la route, ils ne perdirent rien
du spectacle qu'ils découvraient. D'im-
menses champs de canne à sucre bordaient le chemin sablonneux qui menait
à la plantation. Le propriétaire dirigeait
l'attelage sans dire un mot. Lygaya se
demandait où cette route les conduisait,
lorsqu'au détour d'un chemin, une immense maison apparut. La route s'arrê-
tait là. Extrêmement intimidé par ce qu'il
découvrait, Lygaya s'était rapproché de
sa mère. L'attelage s'immobilisa devant
la maison, qui parut encore plus immense à Lygaya. Tout autour, l'herbe
était verte et drue. La superbe maison
était bâtie en bois, sur deux étages, avec
un toit en tuiles roses. Il y avait des
jalousies aux fenêtres et une galerie

ouverte courait tout autour du rez-de-chaussée. Au premier étage, les fenêtres s'ouvraient sur un très grand balcon. L'immense parc qui entourait la maison foisonnait de magnifiques fleurs extraordinairement odorantes. Des magnolias, des frangipaniers, des aloès, des orchidées et des roses de toutes les couleurs fleurissaient ce superbe jardin paradisiaque.

Lygaya s'adressa à sa mère :

— Cette case n'est pas comme celles que nous avons vues en arrivant sur la côte. As-tu vu le toit ? Il est tout rose. Crois-tu que nous allons vivre ici ?

Ils descendirent de la calèche. Le planteur appela un vieil esclave qui semblait attendre les ordres de son maître, sur le seuil de la maison :

— Simbo, occupe-toi d'eux.

Le vieil esclave, habillé d'une blouse et d'un pantalon de grosse toile grise, s'adressa à Sanala en bantou, la langue de son pays.

— Suivez-moi... dit celui que le maître appelait Simbo.

— Où allons-nous ? demanda Lygaya.

— Là où vivent les esclaves...

— D'où viens-tu?

— Du Transkei.

Voyant que le vieil homme n'avait pas trop envie de parler, Lygaya ne posa plus de questions.

Simbo les conduisit vers le quartier des esclaves. Ils y découvrirent une trentaine de cases, alignées en bordure d'un chemin boueux. Tout était tranquille. Aucun bruit. Ces cases, derrière lesquelles on pouvait apercevoir un petit jardin potager, étaient construites en bois et leurs toits étaient faits de roseaux. Ils pénétrèrent à l'intérieur de l'une d'elles. Dans un coin de l'unique pièce, trois lits étaient disposés, construits avec des branches entrelacées recouvertes de feuilles; ils semblaient posés sur les quatre gros bâtons qui leur servaient de pied. À la tête de chacun des lits, une grosse bûche servait d'oreiller.

Dans un autre coin de la pièce, Lygaya remarqua une petite table en bois, sur laquelle des calebasses de différentes tailles étaient alignées. Une ouverture unique tenait lieu de fenêtre.

— Voici des vêtements, dit Simbo, en leur désignant de vieilles hardes. Ici, tout le monde est habillé. Le maître veut que vous vous reposiez quelques jours. Chaque jour, vous enduirez votre corps d'huile de palme et vous rincerez votre bouche avec le jus d'un citron frais. Si vous placez une planche de bois devant la fenêtre, vous aurez moins froid la nuit.

Il leur désigna une planche poussiéreuse, sur le sol. Puis, il tendit à Lygaya et Anama une chemise et un caleçon de grosse toile, à Sanala une jupe et un caleçon. Jamais Sanala n'avait porté de vêtements. Elle enfila les habits à la coupe grossière. Le tissu irritait sa peau.

Lygaya avait hâte de voir l'effet que les vêtements auraient sur lui, mais son enthousiasme fut de courte durée :

— Je ne vais pas pouvoir supporter cela sur mon corps. Ça pique...

Anama, qui semblait maintenant un peu plus rassurée sur son sort, enfila à son tour les vêtements de toile grise.

— C'est vrai, ça pique. J'ai l'impression d'être emprisonnée dans un sac...

Simbo comprenait ce qu'ils voulaient dire, car lui aussi avait connu la sensation désagréable de la grosse toile sur la peau. Lui aussi avait vécu de nombreuses années sans contrainte, dans la nudité la plus totale. Il savait que la première fois qu'ils s'habillaient, les esclaves ne supportaient pas le frottement du tissu contre leur peau. Certains même ôtaient leurs vêtements au bout de quelques heures. Il devait, parfois, les rhabiller de force...

— Ici, c'est obligatoire. C'est très mal de se promener nu. Mais vous vous y habituerez et, par la suite, vous ne pourrez plus vous en passer. Il faut se plier aux coutumes des Blancs...

Simbo se tourna vers Anama :

— Et puis... tu es déjà prisonnière, alors !

Simbo passa la main sur son visage et secoua la tête :

— Il faut que vous sachiez aussi, reprit-il, que cette case est désormais la vôtre. Il n'y a pas de gardien à la porte. Cela ne servirait à rien de vous enfuir, car vous ne pourriez pas aller bien loin. N'oubliez pas que nous sommes sur une île... Vous seriez très vite rattrapés par les chiens qui sont dressés pour poursuivre les esclaves en fuite. De plus, vous seriez fouettés et peut-être même tués... Alors n'y pensez même pas !

En disant cela, il regarda Lygaya. Celui-ci baissa les yeux. «Cet homme est un sorcier, se dit l'enfant. Comment a-t-il pu deviner que je voulais m'enfuir?»

Simbo leur fit encore quelques recommandations, puis il les laissa seuls afin qu'ils puissent se reposer de leur voyage. Il revint le soir, portant une calebasse dans laquelle il y avait des fruits frais, trois œufs, deux citrons, de l'huile de palme et du riz. Il s'adressa à Sanala:

— Demain, je te montrerai le jardin potager où tu pourras cultiver les légumes qui compléteront vos rations quotidiennes. Le maître nous autorise à échanger nos surplus de légumes contre du tabac ou d'autres choses qui nous sont nécessaires. Ici, le maître est un bon maître, mais il faut vous méfier du «commandeur», celui qui dirige notre travail dans la plantation. Il est fourbe, sournois et cruel. Il lui arrive souvent de fouetter et de punir des esclaves, simplement pour affirmer son autorité. Tu n'auras pas à t'en occuper puisque tu vas travailler à la grande maison. Le maître t'as achetée pour que tu serves de nounou au jeune maître. L'enfant est gentil. Sa mère est morte d'une grave maladie, il y a quelques mois. Depuis, l'enfant est triste... Sa mère était très bonne pour nous. Elle nous défendait contre la cruauté du commandeur. En la perdant, nous avons beaucoup perdu. Le maître a beaucoup de choses à faire et doit souvent quitter la plantation pour aller à Saint-Pierre. Il y reste parfois trois jours... parfois plus. Et quand le maître n'est pas là, c'est le commandeur qui dirige la plantation...

Assis à même le sol, Lygaya et les autres avaient écouté Simbo avec beaucoup d'attention. Celui-ci déposa la calebasse sur la petite table en bois et se retira en leur souhaitant une bonne nuit.

Comparée à ce qu'ils avaient enduré sur le bateau négrier, cette première nuit dans la case se passa plutôt bien. Bien sûr, l'idée de s'enfuir avait traversé l'esprit de Lygaya, mais Simbo avait raison. Où irait-il? De plus, il ne voulait pas faire de tort à sa mère ni à la petite fille, qu'il considérait maintenant comme sa sœur.

Il y avait trois jours qu'ils étaient arrivés et ils commençaient à s'organiser.

Chaque jour, Simbo leur rendait visite pour leur donner toutes les explications nécessaires à leur installation ou encore pour les rassurer en leur prodiguant ses bons conseils. Il était très gentil avec Sanala. Le soir du troisième jour, il leur confia qu'il avait été séparé de toute sa famille et que celle-ci avait été dispersée.

— Mes trois enfants et ma femme ont été vendus à des négriers portugais et transportés dans le sud de l'Amérique. Je l'ai appris par un esclave qui est arrivé après moi et qui était de notre village. Aujourd'hui, je sais que je ne les reverrai plus jamais. Je n'aurai peut-être plus de nouvelles d'eux...

Tout en l'écoutant raconter son histoire, Lygaya sentit sa gorge se nouer. Des larmes embuèrent ses yeux. Il pensait à Pinto, son père. Il ferma les yeux et se mit à rêver. Des images de son village lui revinrent en mémoire. Il songea quelques instants au bonheur qui avait été le sien... à son grand-père qui était seul, maintenant...

Il faisait toujours cela lorsqu'il était malheureux. Il fermait les yeux et se souvenait. Il s'était aperçu que, de cette manière, il échappait à tout ce qui l'entourait et qui lui faisait mal. Bien sûr, il était heureux d'avoir pu rester auprès de sa mère, mais il ne pouvait oublier leur condition. Ils étaient «esclaves» et pouvaient être séparés à tout moment.

Simbo leur avait dit qu'un esclave comptait moins qu'un animal pour les Blancs. D'ailleurs, lorsqu'un maître vendait sa plantation, sur l'inventaire, le prix des esclaves était moins élevé que celui des meubles et des animaux.

Le quatrième jour après leur arrivée, Anama et Lygaya décidèrent de s'aventurer un peu plus loin que les abords de leur case. La main de la petite fille toujours dans la sienne, Lygaya avançait sur le sentier qui menait à la grande maison. Les deux enfants étaient intimidés par cette immense construction qui se dressait au loin devant eux. À quelques mètres seulement de la grande maison, les enfants s'étaient arrêtés, fascinés par la beauté des lieux. La luxuriance du jardin les émerveilla. Jamais Anama n'avait vu autant de fleurs. Lygaya se demandait comment un tel paradis pouvait abriter en même temps l'horreur de l'esclavage. Soudain, une petite voix interrompit leur rêverie.

— Que faites-vous là... ?

Ils sursautèrent tous deux et se retournèrent en même temps. Un jeune garçon se tenait devant eux. Il était habillé d'un pantalon gris, d'une chemise blanche et portait une veste et des bottes. La couleur de ses cheveux attira l'attention de Lygaya. Ceux-ci étaient presque blancs. Il avait de grands yeux bleu clair qui lui donnaient un air très doux. Sa peau, très blanche, était tellement fine qu'elle paraissait transparente. L'enfant blond répéta sa question, mais les deux autres ne répondirent pas. Il s'approcha d'eux tranquillement et, doucement, appliqua sa main sur sa poitrine.

— Moi, Pierre... dit-il en tendant l'autre main vers Lygaya.

Lygaya comprit que le jeune garçon lui disait son prénom. Il l'imita.

— Lygaya, dit-il en frappant doucement sa poitrine.

Le regard interrogateur de l'enfant blond se tourna alors vers la petite fille.

— Anama... dit Lygaya, en pointant son doigt vers elle.

Pierre répéta :

— Anama et Lygaya... Drôles de prénoms !

Puis, se parlant à lui-même : drôles de prénoms...

Il s'approcha de nouveau des enfants, se saisit de la main de Lygaya puis l'entraîna à sa suite. Intimidée, Anama ne lâchait pas Lygaya. Ils marchèrent quelques mètres et arrivèrent dans un endroit boisé, en retrait de la maison. Là, Pierre leur désigna du doigt une clairière au centre de laquelle trônait un arbre dont le tronc était d'une incroyable circonférence. Les deux petits esclaves levèrent la tête et aperçurent une cabane à travers le feuillage. Faite de roseaux, elle était perchée entre trois grosses branches. Une échelle permettait d'y accéder. Pierre leur fit signe de monter derrière lui. Les enfants s'exécutèrent. Dans la cabane, toutes sortes d'objets étaient entassés. Il y avait une malle posée dans un coin, ouverte sur de vieux chapeaux et de vieilles robes de dentelles. Pierre posa un chapeau sur la tête de Lygaya et brandit un miroir devant le petit esclave. En découvrant le reflet de son visage, Lygaya faillit tomber à la renverse. Il s'approcha de la glace et, pensant qu'il y avait là quelque chose de magique, il recula en se cachant la figure de ses mains. Pierre s'approcha lentement de lui et dit sur un ton rassurant.

— Tu n'as rien à craindre...

Et il lui présenta à nouveau le miroir.

La douceur de la voix de l'enfant blond calma Lygaya. Il regarda à nouveau le carré magique et éclata de rire lorsqu'il réalisa que l'enfant noir qui lui faisait face, c'était bien lui... Lygaya. Son visage se reflétait dans cette chose bizarre comme il se reflétait dans l'eau du lac de son village. Voyant son air étonné et ravi, Pierre lui fit comprendre, à l'aide de signes, qu'il lui offrait le miroir. Lygaya sentit une immense joie l'envahir, mais croyant ne pas avoir bien compris, il demanda à Anama :

— Il me donne le reflet magique ?

— Oui, je crois qu'il te l'offre... Il faut le prendre.

Se tournant vers Pierre, Lygaya tendit les mains vers le miroir. Ses yeux brillaient de plaisir.

Après être descendu de la cabane, Pierre planta un bâton dans le sol. L'ombre du bâton lui indiqua l'heure... Il était temps pour lui de rentrer pour le déjeuner. Les enfants se séparèrent. Sur le chemin du retour, Lygaya serrait précieusement contre lui cet objet merveilleux. Il avait hâte de le montrer à Sanala.

De retour à leur case, les enfants s'empressèrent de raconter leur aventure à Sanala. Lygaya s'amusa de la surprise de sa mère lorsqu'il lui montra le miroir, car elle eut les mêmes réactions que lui. Tout d'abord un sentiment de peur qui se transforma vite en curiosité, puis en éclats de rire.

À ce moment-là Simbo apparut dans l'embrasure de la porte.

— Que se passe-t-il ici? demanda-t-il, étonné d'entendre des rires.

— Nous avons rencontré un garçon aux cheveux blancs qui nous a donné le reflet, répondit Lygaya très excité.

Simbo prit l'objet des mains de Sanala. Il reconnut le vieux miroir qui avait appartenu à la mère du fils du planteur.

— C'est Pierre, le jeune maître, qui te l'a donné? C'est un enfant doux et affectueux. Il a très bon cœur. C'était le miroir de sa mère. Il te l'a offert en signe d'amitié.

Pour lui, ce souvenir est très important. Depuis qu'elle est morte, il est très seul. Mais il faut faire attention, car aucun de nous n'a un tel objet dans sa case. Tu as trouvé un ami et ici, c'est rare. Normalement, je devrais aller lui rendre ce présent, mais il est le fils du maître et s'il a décidé de t'offrir ce miroir, c'est son droit...

Pendant que Simbo parlait, la petite Anama se regardait dans la glace. N'osant ni bouger, ni sourire, elle restait immobile de peur que son image ne disparaisse subitement... Lygaya vint la rejoindre et fit quelques grimaces devant la glace, pour lui montrer qu'elle ne risquait rien.

Ce soir-là, Lygaya s'endormit heureux. Il savait que, dorénavant, il ne serait plus seul... Il avait un ami. En fermant les yeux, il songea à cette journée. Des images de l'enfant blond lui revinrent en mémoire.

Le lendemain matin, il courut à l'endroit où il avait rencontré l'enfant blond, dans l'espoir de le retrouver. Il l'aperçut au loin qui montait dans une voiture attelée. La voiture s'éloigna et Lygaya attendit plusieurs heures, assis dans l'herbe, le retour de son ami. Il put ainsi observer le va-et-vient des gens de la grande maison. De nombreux esclaves s'affairaient à leurs tâches quotidiennes. Le jardinier, affublé d'un chapeau de paille, venait de finir de couper l'herbe. Muni d'un immense ciseau, il passa ensuite un temps fou à élaguer les arbustes qui bordaient le chemin, pour leur donner une forme parfaite. De jeunes esclaves allaient et venaient, portant des paniers remplis de linge qu'elles déposaient sur l'herbe verte pour le faire sécher. Un vieil esclave nettoyait consciencieusement un plat à barbe dans un seau d'eau posé sur la margelle du puits.

Lygaya, qui n'avait pas bougé depuis deux heures, se disait qu'il devait sûrement être très agréable de vivre dans cette somptueuse demeure. Soudain, une main puissante le souleva de terre.

— Que fais-tu là, fainéant? tonna une grosse voix.

L'homme était grand. Son regard plongea dans celui de Lygaya. Il avait de petits yeux d'un noir profond et ses sourcils, très fournis, lui donnaient un air sévère. Son visage émacié était marqué d'une profonde cicatrice sur la joue droite. Il avait vraiment l'air méchant. L'homme reposa l'enfant à terre et l'entraîna vers le quartier des esclaves. Lygaya, qui ne comprenait pas très bien ce que lui voulait cet homme, se cachait le visage avec son bras. Il avançait derrière lui en essayant de ne pas tomber, car l'homme faisait de grandes enjambées. Il portait un fouet à la ceinture et marchait sans se préoccuper de l'enfant qu'il traînait derrière lui. En arrivant près des cases, ils croisèrent Simbo.

— À qui est ce négrillon ? cria l'homme. Il devrait travailler. Je l'ai surpris à traîner devant la maison.

— Il est arrivé il y a quatre jours, avec sa mère et sa sœur. Le maître leur a permis de prendre du repos jusqu'à lundi prochain... Pardonne-moi, commandeur, c'est de ma faute. Je suis chargé de les surveiller et de m'en occuper... Justement, je cherchais l'enfant et...

Tout en parlant, Simbo baissait la tête. Lygaya le regardait. Cet homme, qui hier lui paraissait si fier et si beau, aujourd'hui courbait l'échine devant le commandeur et tremblait de tous ses membres. Lygaya se mit à pleurer. Non pas de peur, mais de rage, car il venait de se rendre compte que son ami Simbo n'était plus le fier chasseur qu'il avait dû être en Afrique. L'enfant comprit qu'en étant esclave, on perdait sa liberté mais aussi sa dignité et sa fierté. «Pour les Blancs, je ne suis même pas un être humain...», pensa Lygaya.

Le commandeur poussa brutalement Lygaya contre Simbo :

— Alors, si tu es responsable de cet esclave, dresse-le comme il faut, rugit-il. Sinon tu vas goûter du fouet... Les esclaves ne doivent pas rôder autour de la propriété !

Une fois le commandeur parti, Lygaya s'excusa auprès de Simbo.

— Oh, ne t'inquiète pas, le rassura celui-ci. Il est toujours comme ça. Surtout lorsque le maître est absent et qu'il le remplace. Bon... Ne t'éloigne plus du quartier des esclaves. Reste avec ta mère et ta sœur ! C'est le moyen le plus sûr d'éviter les ennuis...

Le mardi suivant, vers cinq heures du matin, alors que le soleil se levait, Simbo vint chercher Sanala pour la conduire à la grande maison. Il demanda aux enfants de l'attendre dans la case.

Sanala n'avait pas revu la propriété depuis son arrivée. Une fois à l'intérieur, ils se dirigèrent vers la cuisine. Sanala découvrait un monde qui lui était inconnu. Des tableaux étaient accrochés au mur, de superbes tentures étaient drapées devant les fenêtres, des meubles et des objets précieux étaient disposés un peu partout. Dans le hall d'entrée, le sol était recouvert d'un immense tapis de laine nouée aux couleurs éclatantes. Sanala le contourna, n'osant poser ses pieds dessus. Dans la cuisine, des esclaves s'affairaient autour d'une grande table en bois. Simbo s'adressa à une grosse femme qui plumait une volaille, assise au bout de la table.

— Voici Sanala. C'est elle qui s'occupera du jeune maître. Elle travaillera ici toute la journée, dit-il.

La grosse femme leva la tête et dévisagea Sanala. Puis, elle s'adressa à elle en bantou :

— Je m'appelle Anna. C'est le nom que m'a donné la maîtresse. Dans mon village, on m'appelait Mana. C'est moi qui fais la cuisine pour toute la famille...

Pendant qu'elle parlait, Anna se leva pour aller plonger sa volaille dans une marmite d'eau bouillante. Puis elle saisit une louche pour remuer le contenu d'une autre casserole.

— Tu n'es pas bien grosse! Assieds-toi et prends un bol de soupe.

Simbo intervint :

— Il faut lui parler français. Le maître ne veut pas nous entendre parler la langue de notre pays.

Intimidée, Sanala s'installa sur l'un des bancs, sans rien dire. Un esclave lui tendit une petite calebasse, remplie d'un liquide fumant, et une galette de riz. Le bouillon fit beaucoup de bien à Sanala qui remercia avec un sourire. Après avoir confié Sanala à Anna, Simbo prit congé. Il retourna chercher Lygaya et Anama dans le quartier des esclaves.

— Où allons-nous? demanda Lygaya.

— Dans les champs de canne... À partir d'aujourd'hui, chaque matin, ta sœur et toi, vous rejoindrez les esclaves dans les champs.

Ils marchèrent durant vingt minutes et arrivèrent devant un immense champ de canne à sucre, où quelques esclaves étaient déjà rassemblés. Lygaya reconnut l'homme au regard noir. Le commandeur. Il donnait des ordres à quatre hommes chargés de surveiller le travail des esclaves. Simbo confia les enfants à l'un d'eux.

— Ce sont les nouveaux négrillons que le maître a achetés, dit-il.

— Bon... Emmène-les rejoindre l'équipe des négrillons et montre-leur comment travailler. Explique-leur qu'ils ne doivent pas s'arrêter...

Ils rejoignirent une quinzaine d'enfants, garçons et filles, chargés de planter les jeunes pousses de canne à sucre. Cette besogne était extrêmement éreintante, mais à cause de leur petite taille, les enfants s'en tiraient mieux que les adultes. Il faut dire que dans les plantations, les enfants travaillaient autant que les adultes. Parfois même, certains planteurs peu scrupuleux les chargeaient de travaux plus durs encore que ceux des adultes.

Les deux enfants apprirent très vite les gestes les plus efficaces pour planter les pousses de canne à sucre. Ce travail les obligeait à avancer courbés en deux dans les sillons, un sac de toile dans une main, un petit bâton de bois dans l'autre. À la fin de la journée, Lygaya et Anama étaient fourbus de fatigue. Leur dos, leurs reins, les faisaient horriblement souffrir. À la nuit tombée, épuisés par leur corvée, les deux enfants regagnèrent leur case et s'endormirent immédiatement. Ils travaillèrent ainsi une semaine complète, de l'aube au coucher du soleil.

Sanala était aussi épuisée par son travail, qui consistait à s'occuper du jeune Pierre, mais aussi, et surtout, à nettoyer le linge, à repasser, à ranger, faire les lits et parfois, aussi, à aider à la cuisine. Le dimanche matin, les esclaves étaient conduits à l'église où ils assistaient à l'office religieux, car tous étaient baptisés à leur arrivée. La messe terminée, ils retournaient à leurs travaux jusqu'au soir.

Souvent, avant de s'endormir, Lygaya se sentait envahi par une infinie tristesse.

Il savait qu'il ne pourrait jamais s'échapper. Il avait appris que certains esclaves avaient tenté de s'enfuir, mais que tous avaient échoué et qu'on les avait sévèrement punis. L'un d'eux avait même été tué au cours d'une battue.

Il avait aussi entendu dire qu'il arrivait parfois qu'un maître rende la liberté à un esclave... Cette faveur s'appelait «l'affranchissement», mais il était très rare que les esclaves puissent en bénéficier, car les planteurs ne voulaient pas perdre une main-d'œuvre qui ne leur coûtait presque rien. Lygaya n'osait pas y penser. Il songeait à sa dure condition d'esclave et à son père, esclave lui aussi sans doute, quelque part sur une île semblable à la Martinique...

6

LE MIROIR

Il y avait maintenant quatre mois que Lygaya, Anama et Sanala étaient arrivés à la plantation. Ils comprenaient assez le français pour s'exprimer dans cette langue à peu près correctement. Ils connaissaient tous les esclaves et étaient appréciés et aimés pour leur gentillesse. Lorsqu'ils ne travaillaient pas, ce qui était très rare, les enfants se retrouvaient entre eux pour jardiner dans le petit potager attribué à chaque famille; grâce à lui, ils avaient toujours des légumes frais, en plus de leur ration quotidienne de manioc. Ils étaient bien nourris et bien traités, car leur maître préférait avoir des esclaves en bonne santé (ils pouvaient ainsi travailler beaucoup plus...). Ils avaient beaucoup de chance car, dans certaines plantations, les esclaves étaient maltraités, et s'il leur arrivait de commettre la moindre petite erreur, ils étaient sévèrement punis.

Chaque jour était identique au précédent. Les esclaves se levaient au chant du coq et partaient immédiatement rejoindre leur travail. À une heure, ils pouvaient s'arrêter quinze minutes pour se nourrir d'un peu de manioc et de bananes cuites, puis le travail reprenait jusqu'au coucher du soleil. Les esclaves rejoignaient alors leur quartier, mangeaient et se couchaient. Le repas du soir était le plus souvent composé de manioc ou de riz, accompagné de bananes cuites et de quelques légumes.

Un soir, alors qu'il regagnait sa case, fourbu de fatigue, l'attention de Lygaya fut attirée par une tache claire en bordure du chemin. L'enfant s'arrêta afin d'examiner ce que les rayons de lune faisaient briller ainsi. Il aperçut une touffe de cheveux blonds. Il franchit un petit fossé et s'avança timidement. Son ami était assis et semblait contempler la lune.

— Pierre? appela Lygaya.

Surpris, l'enfant blond se retourna prestement, essayant d'apercevoir, dans

la nuit, celui qui avait prononcé son prénom. Il reconnut Lygaya et se leva d'un
bond. Son visage s'illumina :

— Lygaya! Je suis content de te
revoir...

L'enfant blond n'avait plus revu
Lygaya depuis le jour où il lui avait
offert le miroir.

— Moi aussi. J'ai toujours le miroir,
répondit Lygaya, fier de pouvoir s'exprimer clairement dans la même langue
que son ami.

— J'ai essayé de venir te voir, mais
avec le commandeur... ce n'était pas
possible. Mon père s'est absenté pour
quelques jours. Il est parti à Saint-Pierre.
Ta mère me donne chaque jour de tes
nouvelles. Nous pourrions nous retrouver demain matin ?

— Je travaille aux champs...

Pierre prit une expression attristée :

— Je sais... Ton travail est très dur...

Il se tut, mal à l'aise. Un long silence
suivit. Soudain, Pierre déclara d'un ton
décidé :

— Je viendrai te retrouver aux champs,
à l'heure de la pause, demain.

Ils se séparèrent et Lygaya rentra chez lui.

Chaque soir, Sanala attendait le retour des enfants. Pendant quelques précieuses minutes, ils pouvaient ainsi se retrouver tous les trois pour partager les impressions de la journée.

— Tout le monde apprécie Charles d'Hauteville, le père de Pierre. On dit que c'est un homme bon et juste. Jamais il ne se fâche contre l'un de nous.

— Que fait Pierre toute la journée? Il ne travaille pas. Alors que peut-il bien faire?

— Il s'ennuie. Toute la journée, il lit, il vient à la cuisine, il nous parle... Il nous pose des questions. Il veut savoir comment nous vivions avant d'arriver ici. Et puis, chaque matin, il part en promenade à cheval. C'est Jon, l'esclave qui s'occupe des chevaux, qui selle son cheval. Il part dans la campagne et revient, deux heures après, juste avant l'arrivée de son précepteur.

Tout en parlant, Sanala déposa un morceau de viande dans la calebasse de Lygaya et le partagea entre les deux enfants.

— C'est Anna, la cuisinière, qui m'a donné cela pour vous. Le petit maître l'a laissé dans son assiette, ce midi.

Lygaya était curieux de tout de qui concernait son ami et voulait tout savoir. Comme chaque soir, après le dîner, Anama et Lygaya s'allongèrent sur leur paillasse, pendant que Sanala leur racontait l'abondance qu'on retrouvait dans la grande maison.

— Dis-moi ce que mange Pierre! demanda Lygaya.

— Le repas des maîtres commence par un potage ou des légumes. Ensuite, il y a un plat principal, toujours de la viande accompagnée de riz et de légumes. Et il y a des desserts. Beaucoup de desserts. Des fruits et des gâteaux qu'Anna confectionne pendant une partie de la journée.

C'est ainsi que les deux enfants s'endormaient... en rêvant aux festins des maîtres.

Comme il le lui avait promis, le lendemain Pierre attendit Lygaya. Lorsque la cloche annonça le début de la pause,

Pierre fit signe au jeune esclave de le rejoindre. Lygaya courut immédiatement
vers lui.

— Tiens, lui dit Pierre. Je t'ai apporté
une pomme.

Lygaya était très ému de l'attention de
Pierre.

— Je la partagerai ce soir avec ma
sœur et ma mère, dit-il en faisant dispa-
raître rapidement la pomme sous sa
chemise.

Ils restèrent quelques instants assis,
côte à côte sans rien dire. Pierre rompit le
premier le silence.

— Je vous regarde travailler depuis
une heure. C'est fatigant ce que vous
faites!

Lygaya, gêné, baissa la tête.

— Est-ce que tu t'habitues à la Martinique? continua Pierre.

— Ce n'est pas comme chez moi.
Dans mon pays, les habitants, les cases...
tout est différent! Pour moi, ce n'est plus
comme avant...

Et Lygaya lui raconta son aventure. Il
lui parla de son village, de la forêt et des
animaux, des fêtes qui étaient organisées
à chaque retour des chasseurs, de

l'initiation des jeunes, de son père qui était brave et fier, de leur séparation, de son grand-père qui était resté en Afrique, de sa douleur d'être esclave et, surtout, de la tristesse qu'il éprouvait à voir sa mère si malheureuse.

— Sanala ne rit plus comme avant. Sa gaieté a disparu. Avant, elle chantait toute la journée. Chez nous, les femmes chantent en travaillant. Depuis que nous sommes partis, Sanala pleure très souvent le soir. Elle ne dit rien, mais moi, je sais...

Lygaya hésita quelques instants avant de poursuivre :

— Toi, tu es libre d'aller où tu veux, de faire ce qui te plaît. Tu peux parler et dire ce que tu penses. Nous, nous ne le pouvons pas. Tout nous est défendu... On nous oblige à travailler tout le jour, à courber le dos. Nous perdons notre courage et notre fierté. Je ne peux recouvrer ma liberté qu'en fermant les yeux et en rêvant de mon village. Mais je ne peux oublier que je suis esclave... Un jour, je partirai retrouver mon père...

En disant cela, son regard fixait l'horizon. Pierre l'écoutait, ému. Sa mère lui avait parlé de la condition déplorable des esclaves. Elle ne supportait pas de voir des êtres humains maltraités et l'enfant savait que, dans certaines plantations, les planteurs étaient très durs, pour ne pas dire cruels, avec leurs esclaves.

Il se souvint d'une discussion animée entre sa mère et son père, lorsqu'elle avait décidé d'apprendre à lire et à écrire à une petite esclave. Son père s'y était opposé :

— Les esclaves sont analphabètes et doivent le rester. Leur apprendre à lire et à écrire les conduirait à se rebeller un jour ou l'autre contre nous, avait-il affirmé d'un ton sec.

Dans le regard très doux de Pierre, Lygaya devina une grande tristesse.

— Toi, dit Pierre, tu es esclave, éloigné de ton pays, séparé de ton père. Pourtant, tu as plus de chance que moi, car ta mère est encore près de toi ! Moi, je suis seul, je n'ai pas d'amis, seulement un père qui part trop souvent pour ses affaires. Je vis pratiquement seul depuis que ma mère est morte. Je n'ai personne à qui parler. Alors je me renferme dans ma cabane avec les souvenirs que ma mère m'a laissés. Je pense très souvent à elle et...

Pierre, qui parlait de sa mère avec beaucoup d'émotion, fut interrompu par la cloche qui rappelait les esclaves au travail. Les deux enfants promirent de se retrouver le lendemain à la même heure, au même endroit.

Les jours et les semaines passèrent. Pierre et Lygaya éprouvaient beaucoup de joie à se retrouver chaque jour et à parler de leurs souvenirs, de leurs secrets. Une profonde amitié se développa entre eux, et celle-ci devint encore plus forte le jour où Pierre évita à son ami plusieurs coups de fouet.

Ce jour-là, un peu avant la pause, Lygaya avait renversé par inadvertance un grand panier contenant des pousses de canne à sucre. Le garde, chargé de surveiller le travail des esclaves, s'était approché de lui et avait levé son fouet pour le punir de sa maladresse. Pierre, qui attendait non loin de là, s'était précipité et avait ordonné :

— Ne le frappez pas ! Cela suffit !

Le garde avait baissé son fouet, laissant Lygaya tremblant de peur. Pierre s'était approché alors de son ami et l'avait entraîné vers l'endroit où ils avaient l'habitude de se retrouver.

Quelque temps plus tard, c'est une aventure qui allait renforcer cette amitié.

Un dimanche matin, avant la messe, alors que Lygaya, Anama et Sanala se préparaient, le commandeur fit irruption dans leur case. Il était accompagné de Simbo et d'un autre homme. Il semblait furieux. Le timbre de sa voix résonna très fort lorsqu'il s'adressa à Sanala :

— Un esclave s'est échappé la nuit dernière. Nous sommes à sa recherche. Si l'un de vous l'aperçoit, je vous ordonne de m'avertir. Et ne vous avisez pas de l'aider. Sinon, vous serez tous fouettés. Je veux...

Brusquement, il se tut. Son regard s'était arrêté sur le miroir accroché au mur. Il entra dans une fureur indescriptible. Foudroyant Sanala de son regard noir, il s'écria :

— À qui as-tu volé ce miroir ?

Lygaya se rapprocha de sa mère qui tremblait de frayeur.

— Je ne l'ai pas volé. C'est le jeune maître qui l'a donné à mon fils.

Les yeux cruels du commandeur se posèrent sur Lygaya, tandis que sa main cherchait le fouet accroché à sa ceinture.

— Le jeune maître n'a pu te donner un miroir. Il sait que c'est interdit. Réponds! À qui as-tu volé ce miroir? Sale petit...

Voyant la fureur du commandeur, Simbo intervint doucement:

— Je suis témoin, dit-il, le jeune maître a vraiment donné ce miroir à Lygaya en gage d'amitié. Ne le frappe pas. L'enfant n'y est pour rien. Il ne savait pas. Je suis fautif... C'est de ma faute, j'aurais dû lui dire de le rendre au jeune maître.

Le commandeur lâcha son fouet et se dirigea vers le mur sur lequel était accroché le miroir. Il prit la glace et, d'un geste brusque, l'envoya à terre. Le miroir se brisa.

Lygaya sentit son cœur chavirer. Une fois encore, il ferma les yeux, mais cette fois-ci il ne put retenir ses sanglots. Sanala et Anama pleuraient elles aussi, car elles avaient eu très peur. Écumant de rage, le commandeur tourna les talons et sortit, suivi de l'inconnu qui l'accompagnait.

«Un jour viendra où je ne serai plus esclave. Je me battrai pour être à nouveau libre...», pensait Lygaya en ramassant les morceaux du miroir brisé.

Cette nuit-là, il n'arriva pas à trouver le sommeil.

Le lendemain, lorsqu'il retrouva Pierre, il lui raconta toute la scène. Son ami l'écouta attentivement. Il paraissait sincèrement désolé pour tout ce qui était arrivé :

— C'est injuste, dit tout bas l'enfant blond. Je t'avais offert ce miroir. Je ne comprends pas pourquoi cet homme est si cruel. J'ai entendu dire ce matin qu'il avait rattrapé l'esclave fugitif. Il a voulu le punir en le faisant fouetter devant tous les autres esclaves. Pour l'exemple. Heureusement, mon père s'y est opposé. Il n'aime pas la cruauté. Il préfère revendre cet esclave la semaine prochaine, car il ne veut pas avoir d'autres problèmes avec lui. Cet homme s'était enfui dans l'espoir de rejoindre son pays...

Lygaya écoutait, désemparé. Des mots lui brûlaient les lèvres. Il ne put les retenir plus longtemps :

— Un jour, moi aussi je m'enfuirai. Je retrouverai mon père et nous serons tous réunis, comme autrefois...

Pierre comprenait le désir de Lygaya mais ne souhaitait pas vraiment être séparé de son ami. Il se demandait ce qu'il deviendrait si Lygaya partait. Il préféra chasser cette idée de son esprit.

Assis derrière un bosquet, les deux enfants discutaient tranquillement, lorsque le bruit d'une voiture attelée attira leur attention. L'enfant blond se releva. De l'endroit où il était, il pouvait apercevoir les visiteurs.

Un jeune esclave conduisait l'attelage. À l'arrière était assise une jeune femme vêtue d'une robe bleu ciel, accompagnée d'une petite fille. À son tour Lygaya se leva pour voir. La jeune femme, qui tenait une ombrelle, aperçut les deux enfants et envoya de grands signes à Pierre qui lui renvoya un salut plus discret.

Pierre ne semblait pas très heureux :

— Voilà cette péronnelle de Sophie qui vient passer quelques jours avec sa mère.

— Qui est-ce ? demanda Lygaya.

— Sophie est ma cousine germaine. Elle a dix ans. Sa mère, c'est ma tante

Marie, la sœur de ma mère. Elle est très gentille, mais exaspérante. Elle bouge tout le temps et, avec elle, il faut toujours être propre, toujours se laver les mains et toujours être bien coiffé.

— Qu'est-ce que c'est, une péronnelle?

— Une péronnelle, c'est une fille qui ne sait pas tenir sa langue lorsqu'on lui confie un secret... qui fait des histoires à propos de tout et de rien. Une péronnelle... c'est exactement ma cousine Sophie!

Lygaya ramassa son chapeau et quitta son ami pour aller rejoindre les autres. Il faisait très chaud à cette heure de la journée et, malgré leur grand chapeau de paille mal tressée, certains esclaves souffraient d'insolation. Il arrivait parfois qu'un esclave s'évanouisse et que les gardes soient obligés de le ramener dans sa case. Il y restait plusieurs jours puis reprenait son travail, comme si rien ne s'était passé.

Lygaya, concentré sur son travail, songeait à son village. Il se revoyait jouant avec les autres enfants sur la petite place, ramassant des badines pour alimenter le feu ou simplement assis, le soir, écoutant les légendes que lui racontait son grand-père. Il savait que ce temps était révolu.

7

UNE VÉRITABLE PÉRONNELLE

Après avoir laissé son ami Lygaya, Pierre rentra chez lui. Il lui fallait changer de vêtements pour recevoir sa tante et sa cousine. Sanala rangeait quelques affaires dans la chambre. Pierre lui sourit :

— J'ai vu Lygaya. Je lui ai donné le pain et les raisins que tu m'avais confiés ce matin.

Sanala le remercia. Elle pouvait ainsi, chaque jour, grâce à la complicité de Pierre, faire parvenir un peu de nourriture à son fils, pour la pause du midi. Quant à la petite Anama, elle était bien nourrie car elle travaillait depuis quelques semaines dans les cuisines de la grande maison. Elle y épluchait les légumes et était chargée d'autres petites tâches que lui confiait la cuisinière.

Simbo avait jugé que le travail des champs était beaucoup trop rude pour la petite fille et avait demandé au maître de lui confier d'autres tâches plus conformes à son jeune âge. C'est ainsi qu'Anama s'était retrouvée dans cet endroit de rêve qu'était la cuisine, le seul endroit où il était possible de manger à sa faim en récupérant les restes des repas laissés par les maîtres. Sanala souhaitait la voir occuper, plus tard, la place de cuisinière enviée de tous.

Pierre se changea, se lava les mains, se coiffa puis descendit rejoindre sa famille. La jeune femme aperçue dans la calèche était maintenant installée dans l'un des fauteuils du salon. Elle sirotait une citronnade en parlant avec le père de Pierre. C'était une très belle femme, aux manières élégantes. Elle portait une robe de fine dentelle blanche et ses longs cheveux noirs étaient ramenés en un gros chignon sur sa nuque. À ses pieds, la jeune Sophie s'amusait à attraper le chat de la maison qui tentait de s'enfuir.

Sophie habitait au nord de l'île où ses parents possédaient une plantation de

canne à sucre. Petite pour son âge, ses cheveux longs toujours nattés étaient très bruns. Quelque chose dans son visage rappelait celui de Pierre. Ils avaient la même bouche et le même sourire, mais le regard n'était pas le même. Celui de Sophie trahissait un certain dédain pour tout ce qui était extérieur à son monde.

Elle avait une sœur, Juliette, de quatre ans son aînée. Celle-ci devait arriver quelques jours plus tard. Le jeune garçon préférait la compagnie de Juliette, qu'il trouvait beaucoup plus gentille, plus intéressante que sa péronnelle de sœur!

Pierre se dirigea vers sa tante :

— Bonjour, ma tante.

La tante Marie lui sourit. Ses yeux noirs étaient pétillants de malice.

— Comme tu as grandi, dit-elle. Tu ressembles de plus en plus à ma pauvre sœur.

Son regard s'assombrit soudain. Elle croisa délicatement ses mains et soupira en secouant lentement la tête.

— Mais que faisais-tu avec ce petit nègre tout à l'heure? Tu ne devrais pas fréquenter les esclaves.

Puis, s'adressant au père de Pierre :

— Charles, vous devriez le surveiller. Cet enfant va prendre de mauvaises habitudes à traîner ainsi avec les négrillons de la plantation.

— Ta tante a raison. Le commandeur m'a rapporté que tu avais offert un miroir à un jeune esclave et le négrillon a failli se faire fouetter par ta faute. Il est interdit aux esclaves de posséder d'autres objets que ceux qui leur sont fournis à leur arrivée. Surtout un miroir ! À quoi as-tu donc pensé ? Un miroir... Ils n'ont aucunement besoin de ce genre de chose ! Que ce soit la dernière fois !

Le ton était ferme. Pierre baissa la tête, malheureux. Il aurait dû savoir que ce cadeau pouvait nuire à Lygaya. Par sa faute, son meilleur ami avait failli être battu par le commandeur. Et maintenant, sa tante était au courant... Honteux, il préféra se retirer. Comme il lui fallait un prétexte, il proposa à sa cousine de sortir dans le parc et d'aller faire une visite aux chevaux, à l'écurie. La fillette le suivit. En sortant, ils croisèrent Sanala.

Elle portait sur sa tête une corbeille remplie de linge propre qu'elle allait étendre sur l'herbe pour le faire sécher au soleil. Sophie, qui courait encore après le chat, ne la vit pas et la bouscula par inadvertance. Sanala perdit l'équilibre. La corbeille se renversa et une partie du linge tomba dans la poussière. La petite fille était furieuse...

— Tu pourrais faire attention tout de même! lâcha-t-elle d'un ton sec en s'adressant à Sanala.

Puis, elle continua son chemin, sans plus s'occuper de la pauvre Sanala qui s'empressa de ramasser le linge éparpillé dans la poussière.

Pierre rattrapa sa cousine quelques instants plus tard :

— Tu aurais pu lui demander pardon, tout de même! As-tu pensé au travail que cela représente pour Sanala? Elle va devoir nettoyer à nouveau le linge et...

Il fut interrompu par la petite voix stridente de la fillette :

— C'est son travail! Et si le linge est tombé à terre, c'est de sa faute. Elle n'avait qu'à faire attention et tenir correctement sa corbeille. Quelle stupidité de tenir une corbeille en équilibre sur sa tête!

Pierre sentit la colère l'envahir. Il baissa la tête et laissa glisser entre ses dents :

— Petite sotte prétentieuse... Péronnelle !

Sophie n'avait pas entendu ; d'un pas déterminé, elle se dirigeait déjà vers l'écurie. L'esclave chargé de s'occuper des chevaux les accueillit :

— Il faut faire attention à la jument grise, dit Jon. Elle vient d'avoir un petit et si l'on s'approche trop près, elle devient nerveuse...

Les enfants s'approchèrent avec précaution de la stalle de la jument grise pour admirer le poulain qui, quelques heures après sa naissance, tenait déjà sur ses quatre pattes. Ils l'observèrent pendant de longues minutes, s'amusant de son air un peu ahuri. Sa robe était couleur fauve et une étoile blanche éclatait sur son chanfrein. En quittant l'écurie, Pierre invita sa cousine à le suivre. Ils prirent un petit sentier escarpé qui descendait vers la plage. Ils passèrent quelques heures à se promener, pieds nus au bord de la mer et à ramasser des coquillages. Pierre n'avait pas très envie de parler à Sophie. Elle s'en aperçut et lui demanda :

— Seriez-vous fâché mon cousin?

— Pas le moins du monde... répliqua Pierre sur le même ton.

— Alors pourquoi ne me parles-tu pas?

— Je trouve simplement que tu n'as pas été très gentille tout à l'heure.

— Tu ne vas tout de même pas m'ennuyer avec cette stupide histoire de corbeille à linge et cette esclave...

Pierre décida que c'en était trop. Il prit une badine, la planta dans le sable pour connaître l'heure. L'ombre de la baguette lui indiqua 4 h.

— Il est temps de rentrer pour le goûter, dit-il à sa cousine.

Les deux enfants rejoignirent la grande maison, où un goûter, composé de chocolat chaud et de brioches, leur fut servi par Sanala. La tante Marie vint les retrouver. Elle commença aussitôt à interroger Pierre sur ses progrès scolaires. Celui-ci, l'air distrait, s'efforçait de lui répondre poliment.

Pierre ne pouvait s'empêcher de penser à Lygaya. Il aurait tellement aimé que son ami soit heureux. Une idée lui traversa alors l'esprit : «Je pourrais peut-être aider Lygaya en demandant à papa de l'employer à l'écurie... Il faut que j'arrive à le convaincre...» Tout en réfléchissant à cette idée, Pierre surveillait les faits et gestes de sa petite cousine. Ses manières de petite fille prétentieuse l'énervaient au plus haut point. Elle venait de renverser sa tasse de chocolat et se crut obligée de faire une scène parce que sa jolie robe blanche était tachée. Sanala, sans un mot, s'empressa de réparer les dégâts.

Après le goûter, Pierre décida de laisser sa cousine en compagnie de sa tante Marie et d'aller à sa cabane pour y retrouver un peu de tranquillité. Il se dirigeait vers le grand arbre lorsque l'écho d'une conversation lui parvint. Il reconnut la voix du commandeur. Celui-ci s'entretenait avec un autre homme. L'enfant se faufila rapidement derrière un taillis pour écouter.

— Les tonneaux sont prêts à être embarqués, disait le commandeur. Je les ai entreposés la nuit dernière dans une grotte de la grande falaise, près de la petite plage. Vous pourrez venir les chercher demain soir. Cette fois-ci, je veux être payé en esclaves. Vous m'en donnerez cinq.

— Vous êtes très exigeant, répliqua l'inconnu. Vous oubliez que votre marchandise est volée. Si votre patron apprenait qu'une partie de son sucre est vendue en contrebande, je doute qu'il vous garde à son service. Qu'allez-vous faire de ces esclaves ?

— Cela ne vous concerne pas, répondit le commandeur d'un ton sec.

— Très bien, je vous donnerai les cinq esclaves que vous réclamez en contrepartie du sucre. Nous nous retrouverons demain soir, sur la plage, au coucher du soleil. Je vous y attendrai et nous ferons l'échange.

Immobile, Pierre retenait sa respiration, de crainte d'être découvert par les deux hommes. Dès qu'ils s'éloignèrent, l'enfant sortit de sa cachette. Il se précipita en courant vers la grande maison et, pour être sûr de ne pas rencontrer le commandeur, emprunta un raccourci.

Il arriva essoufflé dans le salon. C'est sa tante Marie qui l'accueillit.

— Eh bien, te voilà ! Nous te cherchions. Tes vêtements sont tout poussiéreux. Va donc te laver immédiatement ! Nous passons à table à six heures trente précises...

Le ton ne laissait aucun doute sur sa mauvaise humeur.

Pendant ce temps, dans la case, Sanala racontait à Lygaya sa rencontre avec la cousine Sophie.

— Cette petite fille n'est pas bonne. Et je pense que son cousin ne l'aime pas beaucoup. Ils ne se ressemblent pas du tout. Pierre est juste, droit, gentil, bon et... cette petite est sotte, méchante. Elle n'a pas de cœur... La cuisinière m'a raconté que l'été dernier, un esclave a été très sévèrement puni par sa faute. Elle l'avait accusé d'avoir volé un pendentif en or qu'elle ne retrouvait pas. L'esclave a été fouetté et, deux jours plus tard, la nounou a retrouvé le pendentif sous l'oreiller de Sophie. Cette petite sotte avait tout simplement égaré son pendentif et l'avait retrouvé. Plutôt que de reconnaître ses torts, elle n'avait rien dit à personne et avait caché le bijou sous son oreiller. Une véritable peste ! dit Sanala.

— Une péronnelle... ! ajouta Lygaya.

Comme d'habitude, le lendemain Pierre alla retrouver Lygaya. Il avait décidé de lui confier son secret. Il lui répéta donc la conversation qu'il avait surprise la veille, entre le commandeur et le capitaine du navire.

Lygaya ne put retenir son indignation.

— Mais c'est terrible! dit-il.

— Oui, c'est terrible, reprit Pierre. C'est d'autant plus terrible que plusieurs esclaves ont déjà été punis à cause de lui. Ils avaient été accusés d'avoir volé du sucre. Ils ont été fouettés puis revendus à un marchand négrier qui les a négociés, peu après, en Amérique du Sud.

— Il faut faire quelque chose. Sinon d'autres esclaves seront injustement battus à cause de cet homme. Toi, tu peux en parler à ton père et lui dire la vérité!

— Non, répondit Pierre. Il ne me croira pas. Il faut que le commandeur fasse une erreur. Il faut lui tendre un piège pour le démasquer...

— Mais comment pouvons-nous faire? Je suis un esclave! Comment puis-je t'aider? De plus, c'est lui qui me surveille toute la journée...

— Justement, tu es chaque jour près de lui. C'est toi qui le surveilleras... Il ne soupçonnera pas un seul instant qu'il est épié par un esclave. Tu noteras dans ta mémoire tous ses faits et gestes. Moi, je le surveillerai le soir. Ce soir, je le suivrai jusqu'à la grotte...

— C'est beaucoup trop dangereux. Je t'accompagnerai.

Pierre parut surpris. Il n'était pas question de mettre la vie de son ami en danger.

— Non, tu ne m'accompagneras pas. Moi, je ne risque rien, il n'osera jamais me faire de mal.

La cloche retentit, annonçant la reprise du travail. En partant, Lygaya se retourna et cria :

— À dix heures... à la cabane !

Pierre n'eut pas le temps de répondre ; son ami avait déjà disparu. Il reprit le chemin de la grande maison. Lorsqu'il arriva à proximité, il vit une calèche arrêtée devant la porte. Les chevaux étaient en sueur, ce qui signifiait qu'un visiteur venait d'arriver. La curiosité de l'enfant blond le poussa à se diriger vers le salon. Une jeune fille se tenait là, debout, devant sa tante Marie. À l'approche de Pierre, elle se retourna. Il la reconnut tout de suite : c'était Juliette, sa cousine.

Grande et svelte, Juliette avait les yeux et les cheveux très noirs, le teint mat, doré par le soleil. Très jolie, elle ressemblait beaucoup à sa mère. Son regard reflétait une nature douce et bienveillante. Juliette s'avança vers son cousin et l'embrassa.

— Comme tu as changé! s'exclamat-elle avec bonne humeur.

Chaque année, Juliette passait une quinzaine de jours à la plantation, avec sa mère et sa petite sœur. Elle employait son temps à lire, à se promener, à rêver. On la disait intelligente. Parfois, elle accordait quelque attention à son cousin et partageait quelques-uns de ses jeux. Elle était très calme et avait beaucoup de patience avec sa petite sœur. Elle s'en occupait très souvent, essayant de trouver des jeux qui l'intéresseraient.

Pierre observait Juliette. «C'est vrai qu'elle est belle... Elle semble tellement calme!» Il était vraiment heureux de revoir sa cousine qu'il ne voyait que trop rarement à son goût...

Le repas du soir se passa comme d'habitude : en silence pour les enfants et en conversations animées pour les adultes. L'attention de Pierre fut attirée par une réflexion de son père. Il s'adressait à la tante Marie.

— Je ne sais pas comment cela se passe pour vous, dans le nord de l'île, mais ici nous perdons beaucoup d'argent. Les esclaves nous volent. L'année dernière, nous avons trouvé le voleur, mais cette année, impossible de mettre la main sur l'esclave qui subtilise une partie de notre sucre. Je vais être obligé de renforcer notre système de surveillance et d'engager des contremaîtres plus rigoureux...

— Vous avez tout à fait raison, répondit la tante Marie avec humeur. Depuis que nous surveillons de près nos esclaves, nous n'avons plus ce genre de problèmes. Mais il faut rester vigilants, car les esclaves sont naturellement voleurs.

Pierre mangeait son potage sans paraître s'intéresser à ce qu'on disait autour de lui. Il songeait : «Si vous saviez, ma tante, qui vole le sucre de notre plantation... Vous engageriez certainement un autre contremaître pour surveiller la vôtre!»

Plus tard, les enfants regagnèrent leur chambre. Mais au moment d'aller au lit, la petite peste de Sophie ne put résister à la tentation de faire un caprice. Elle ne voulait pas dormir seule et souhaitait que Sanala passe la nuit à ses côtés. Juliette réussit à la calmer en lui promettant de lui raconter une histoire. Dans la chambre d'en face, Pierre avait enfilé sa chemise de nuit par-dessus ses vêtements. Il se coucha et attendit la visite de son père qui, comme tous les soirs, venait lui souhaiter une bonne nuit.

Lorsque la porte se referma sur Charles et que les pas s'éloignèrent, Pierre s'assit sur son lit et patienta quelques minutes. Lorsqu'il fut certain que tout le monde s'était retiré pour la nuit, il se leva, retira sa chemise de nuit, plaça un oreiller sous les draps et ouvrit sa porte-fenêtre. Il sortit sur le balcon. De temps à autre, la nuit, il lui arrivait de s'échapper pour aller passer la nuit dans sa cabane. Il revenait au petit matin, avant le réveil de son père. Sa chambre étant située à l'opposé du salon, personne ne pouvait soupçonner ses escapades nocturnes.

Il venait d'enjamber la balustrade et s'apprêtait à se laisser glisser le long de la colonne qui soutenait le balcon, lorsqu'une petite voix l'arrêta :

— Que fais-tu ?

Il remonta précipitamment sur le balcon et se trouva nez à nez avec sa cousine Juliette.

Il lui fallait rapidement trouver un mensonge à raconter. Hélas, il n'était pas habitué à ce genre de gymnastique de l'esprit. Il balbutia :

— Je... enfin... j'ai laissé tombé un... un livre... et je voulais aller le chercher...

Juliette le regarda avec un petit sourire en coin.

— Je ne sais pas ce que tu voulais faire exactement, mais une chose est certaine : tu ne sais pas mentir ! Je crois qu'il serait plus simple pour toi d'aller chercher ton livre en passant par la porte, dit-elle d'un air narquois.

Puis, comme Pierre ne desserrait plus les dents, elle poursuivit :

— Alors, monsieur le menteur, veux-tu me mettre dans la confidence ?

Pierre était très mal à l'aise. S'il se confiait à Juliette, celle-ci irait certainement tout raconter à son père. Il baissa la tête et se mit à chercher une histoire crédible pour se sortir de cette situation embarrassante. Sa cousine qui avait deviné son embarras, ne disait rien. Elle avait croisé les bras et attendait, immobile. Vaincu, Pierre soupira et, après lui avoir fait promettre le silence, il décida de tout lui dire.

— Je jure de ne rien dire à personne...

Pierre lui raconta donc toute l'histoire. Juliette l'écoutait en hochant la tête, l'air concentré. Lorsque Pierre eut terminé, elle s'empressa de le mettre en garde :

— Ce que tu veux faire est très dangereux pour toi, mais surtout pour ton ami Lygaya. Si le commandeur vous surprenait, il pourrait facilement raconter n'importe quoi à ton père. Et ton père le croira.

Juliette s'arrêta un instant. Elle venait d'avoir une idée :

— Non, il faut que quelqu'un vous accompagne. Il vous faut un témoin. Vous devez m'emmener avec vous. Ainsi, si on vous surprend, je pourrai intervenir auprès de ton père. Je suis la plus âgée et il me croira.

Pierre trouva l'idée extraordinaire. «Décidément, elle est vraiment très intelligente!» pensa-t-il.

8

UNE NUIT PAS COMME LES AUTRES

Le soleil avait maintenant disparu à l'horizon. Pierre et Juliette se dirigèrent en silence vers la cabane. Ils arrivaient au pied du grand arbre lorsque Lygaya, sans bruit, surgit devant eux. Juliette sursauta. Après avoir présenté sa cousine au jeune esclave, Pierre les entraîna sur le chemin qui conduisait à la plage.

Ils s'engagèrent en file indienne dans le petit sentier tortueux qui traversait un bois touffu. Les pas de Lygaya étaient légers, parfaitement silencieux. Juliette s'en étonna et lui demanda tout bas :

— Comment fais-tu pour ne pas faire de bruit en marchant ?

— J'ai l'habitude. Lorsque nous partions à la chasse, dans mon pays, nous devions faire attention de ne pas effrayer le gibier. Mon père m'a appris à marcher sans faire de bruit. Il ne faut surtout pas appuyer ses pieds sur le sol. Juste l'effleurer. On pose la pointe des pieds, avant de poser le talon. C'est très simple.

Juliette et Pierre tentèrent d'imiter leur ami. En vain : n'importe qui aurait pu détecter leur présence dans ces lieux.

Ils décidèrent d'abandonner le sentier et de couper à travers bois afin de ne pas se faire remarquer. La nuit était enveloppante, sinistre. Une chouette hulula et son cri, qui n'était pas fait pour rassurer les trois enfants, les fit s'arrêter un instant. Ils se regardèrent, chacun cherchant à se rassurer dans le regard de l'autre.

Ils atteignirent enfin la petite plage et se postèrent derrière des buissons. L'endroit qu'ils avaient choisi leur permettait d'avoir une vue d'ensemble de la baie. Un navire négrier était ancré au large. Une chaloupe glissait silencieusement sur l'eau en direction de la plage, avec trois hommes à son bord. Elle accosta quelques minutes plus tard. Les hommes venaient tout juste de débarquer, lorsqu'un hennissement annonça l'arrivée d'un cavalier sur la plage. Les enfants reconnurent le commandeur.

L'homme descendit de sa monture et se dirigea vers les trois marins.

Ils échangèrent quelques mots, puis se dirigèrent ensemble vers les falaises... vers la grotte où étaient entreposés les fûts de sucre. De leur poste d'observation, Lygaya et Pierre ne pouvaient plus distinguer les quatre personnages. Ils se rapprochèrent pour ne rien manquer de la scène. Une autre barque approchait de la côte. Sept personnes, dont cinq esclaves, en descendirent. Pendant ce temps, Pierre, Juliette et Lygaya continuaient d'observer les agissements du commandeur et de ses comparses. Les hommes venaient de ressortir de la grotte en roulant de gros tonneaux devant eux. Les enfants n'en croyaient pas leurs yeux.

— Mais il y a une bonne partie de la production de sucre de la plantation, sur cette plage! chuchota Pierre. Il faut immédiatement avertir mon père, avant que les tonneaux ne soient embarqués sur le navire!

Juliette saisit le bras de son cousin.

— Non, tu n'auras pas le temps. Ils auront déjà embarqué les fûts. Ce ne doit pas être la première fois qu'il fait de la contrebande. Il faut attendre le moment propice. Rentrons maintenant, nous aviserons plus tard.

Les enfants allaient se retirer, lorsque Lygaya fut attiré par la silhouette familière de l'un des esclaves. Celui-ci roulait un tonneau devant lui. Grand, bien bâti, il avait une allure fière, altière... Pas de doute, c'était l'allure d'un chasseur bantou. Le cœur de Lygaya se mit à battre à toute allure. Il eut envie de crier, mais il se retint de justesse. Tandis qu'il continuait d'observer la scène, de grosses larmes ruisselaient sur ses joues. Pierre et Juliette se rapprochèrent de lui.

— Tu sembles bouleversé, Lygaya. Que se passe-t-il? Qu'as-tu vu? lui demanda Pierre.

La gorge de Lygaya se noua. Il ne réussit à articuler qu'un seul mot:

— Pinto...

— Pinto? répéta doucement Juliette. Qu'est-ce que c'est?...

L'air désemparé, Lygaya regarda tour à tour Pierre et Juliette, puis lâcha finalement dans un souffle:

— Pinto, mon père... Il est là, en bas, sur la plage... Il... Il pousse un tonneau de sucre...

Juliette et son cousin se regardèrent. Ils venaient de comprendre l'émotion de leur ami. La jeune fille s'approcha plus près de lui, posa sa main sur son épaule et lui chuchota :

— Viens, il faut partir. Nous ne pouvons rien faire pour l'instant, c'est inutile de rester plus longtemps. Viens... répéta-t-elle, en le tirant par la main.

Après un moment d'hésitation, Lygaya décida de les suivre. Ils reprirent tous trois le chemin du retour et se retrouvèrent bientôt à l'abri dans la cabane.

Lygaya était triste et songeur. Il avait revu son père mais n'avait pu lui parler, le rassurer, lui dire que Sanala et lui étaient en vie. Juliette et Pierre tentaient de le consoler.

Les trois enfants réfléchirent au plan qui leur permettrait de confondre le commandeur et de réunir la famille de Lygaya. Soudain, Pierre fit un signe à ses amis.

— Chut! dit-il en tendant l'oreille et en faisant signe aux autres de ne pas bouger. J'ai entendu du bruit... Écoutez...

À leur tour, Juliette et Lygaya tendirent l'oreille.

Des craquements de branches mortes et des voix leur parvinrent. Ils retinrent leur respiration et ne bougèrent plus. Les voix se rapprochèrent jusqu'à devenir distinctes. Par la petite fenêtre de la cabane, Juliette aperçut des silhouettes qui s'approchaient de la clairière. Il s'agissait d'un groupe d'hommes. La jeune fille discerna les cinq esclaves entrevus sur la plage. Enchaînés les uns aux autres, ils avançaient sous la surveillance de trois marins armés. Le groupe fit une halte de quelques minutes au pied de l'arbre.

— Nous allons couper à travers bois pour ne pas nous faire remarquer. La lune est claire cette nuit, dit l'un des marins.

— Il faut se dépêcher. Le commandeur nous attend au quartier des esclaves dans dix minutes, reprit un autre.

Par la petite ouverture, Lygaya tentait d'apercevoir Pinto. Il le vit, attaché à un autre esclave. «Comme il semble fatigué...», pensa Lygaya.

Le groupe s'engagea sur le chemin en direction du quartier des esclaves. Très rapidement, les trois enfants décidèrent d'un commun accord de les suivre. Ils descendirent de leur refuge et s'enfoncèrent dans le bois, en se tenant à bonne distance et en faisant très attention pour ne pas marcher sur des branches mortes. Ils passèrent devant la grande maison et traversèrent le quartier des esclaves endormi. Soudain, un homme surgit de l'une des cases.

Située légèrement en retrait des autres, cette case était depuis longtemps inhabitée. L'homme qui venait d'en sortir n'était nul autre que le commandeur.

Les enfants s'arrêtèrent et s'accroupirent derrière un petit muret tout proche. Ils purent ainsi voir sans être vus.

Ils entendirent le commandeur donner un ordre aux marins :

— Faites-les entrer, attachez-les et bâillonnez-les. Personne ne les trouvera ici. Je reviendrai les chercher la nuit prochaine pour les expédier en Guadeloupe.

Les marins s'exécutèrent. Quelques minutes plus tard, leur tâche achevée, ils sortirent de la case. Après avoir glissé la clef dans sa poche et échangé quelques mots avec eux, le commandeur s'éloigna.

Les marins, de leur côté, prirent le chemin de la plage.

Après s'être assurés que la voie était libre, les trois enfants quittèrent leur cachette et coururent vers la case des prisonniers.

— Allons à la fenêtre, dit Juliette.

Hélas, une planchette bloquait l'ouverture.

— Nous pouvons essayer par le toit, dit Lygaya. En enlevant quelques roseaux, nous pourrons voir à l'intérieur.

Il grimpa sur les épaules de Pierre puis, s'agrippant au mur, ôta quelques roseaux du toit. Subitement, il disparut à l'intérieur de la case. Les deux cousins coururent aussitôt à la fenêtre. Le visage de Lygaya apparut par l'ouverture. Aidés par Lygaya, Pierre et Juliette se glissèrent à leur tour dans la case. Un rayon de lune éclairait la pièce. Dans un coin, cinq hommes étaient assis, bâillonnés, pieds et poings liés. Le regard de Lygaya rencontra celui de Pinto. Il se précipita immédiatement vers son père et lui ôta ses liens. Tout en défaisant son bâillon, il lui dit quelques mots en bantou :

— Ne crains rien, ce sont des amis. Je suis heureux de te revoir...

Quelques instants plus tard, Pinto serrait Lygaya dans ses bras.

— Mon fils... Je ne pensais plus te revoir... Où est ta mère?

— Sanala est avec moi. Nous avons aussi recueilli une petite fille que nous avons rencontrée sur le bateau, et qui avait été vendue seule. Sanala va bien. Le voyage a été difficile pour nous. Surtout pour Sanala. Mais nous n'avons jamais été séparés. Et toi?

— Quelques jours après votre départ, un négrier m'a acheté et j'ai été embarqué avec d'autres esclaves. Nous nous sommes arrêtés quelques jours aux Îles du Cap-vert, puis nous sommes repartis en mer. Nous étions tous malades. Beaucoup sont morts pendant la traversée.

Tandis que Lygaya et Pinto se retrouvaient, Juliette et Pierre s'affairaient à défaire les liens des autres esclaves en se demandant ce qu'ils allaient bien pouvoir faire d'eux.

— Nous pourrions peut-être les cacher? dit Juliette à son cousin.

— Oui mais... où? laissa tomber Pierre, l'air perplexe.

Pris dans le feu de l'action, les enfants n'avaient pas eu le temps de planifier leur intervention et ne savaient trop maintenant comment réagir. C'est alors que Lygaya eut une idée.

— Je vais chercher Simbo et je vais tout lui raconter. Il pourra nous aider et nous dire ce que nous devons faire. Attendez-moi ici, dit-il en disparaissant par la fenêtre.

9

LA MAIN DANS LE SAC

Dehors, tout était calme. Lygaya traversa sans bruit le village des esclaves et arriva chez son ami. La porte était entrouverte. Il s'approcha de la paillasse et donna une petite tape sur l'épaule de Simbo qui ronflait bruyamment. Le vieil esclave ouvrit les yeux et sursauta, surpris de trouver Lygaya, debout devant lui.

— J'ai besoin de toi... chuchota l'enfant.

— Ta mère est malade ? demanda-t-il, soudain alerté.

Lygaya le rassura et entreprit de lui expliquer la situation. Simbo l'écouta attentivement.

— Il faut aller chercher le maître. Tout de suite ! s'exclama Simbo quand Lygaya eut terminé. Nous ne pouvons pas les cacher. Toute la plantation est surveillée et le commandeur sera furieux s'il les trouvait. Il se vengera sur nous et tous les esclaves auront des ennuis. Il faut faire vite !

Simbo se leva rapidement et enfila sa chemise de grosse toile.

— Il faut faire vite, Lygaya ! Montre-moi où ils sont...

Le dos courbé, Lygaya et Simbo avançaient d'un pas vif entre les cases endormies.

Simbo avait peur. Il savait que les Noirs ne devaient pas se mêler des histoires qui concernaient les Blancs. Il n'ignorait pas qu'il risquait d'être fouetté pour oser accuser un Blanc, mais cela lui était égal. Il voulait aider Lygaya à tout prix.

Ils retrouvèrent Pierre et sa cousine. Ensemble, ils décidèrent que Juliette irait chercher le père de Pierre. Elle était la plus âgée et saurait convaincre son oncle. Ils attendraient son retour en compagnie des prisonniers. Elle partit sur-le-champ.

Elle courut jusqu'à la grande maison, traversa en vitesse le hall d'entrée et grimpa les marches deux à deux jusqu'au premier étage. À bout de souffle, elle frappa à la porte de la chambre de son oncle. Une voix endormie l'invita à entrer.

— Juliette? Que se passe-t-il? demanda Charles, inquiet.

Juliette raconta rapidement la fourberie du commandeur. Elle parla du trafic de sucre et d'esclaves, sans oublier d'ajouter que Lygaya avait retrouvé son père parmi les esclaves prisonniers. Charles ne put contenir sa colère.

— Vous êtes inconscients! cria-t-il dans son courroux. Pourquoi n'êtes-vous pas venus m'avertir plus tôt? Ce que vous avez fait est très dangereux. Cet homme est un brigand, un voleur sans scrupules. Peut-être même un assassin... Allons tout de suite retrouver Pierre.

Il enfila rapidement ses vêtements, décrocha son fusil et quitta sa chambre, talonné par Juliette.

— Nous allons passer par la sucrerie pour y chercher des renforts, dit Charles sans se retourner.

La sucrerie était située à l'arrière de la grande maison. C'était un bâtiment cossu, construit en pierres. Elle fonctionnait vingt-quatre heures sur vingt-quatre et, à cette heure-ci de la nuit, une vingtaine d'esclaves y travaillaient. Il y régnait une chaleur suffocante à cause du jus de canne qui bouillonnait continuellement dans une grande cuve placée au-dessus d'un feu que les esclaves alimentaient sans répit.

Charles interpella trois des surveillants et leur fit signe de le suivre.

Pendant ce temps, dans la case des prisonniers, Lygaya et Simbo écoutaient le récit de Pinto.

— Après plusieurs jours, nous avons entendu des pas sur le pont ; des gens couraient de tous les côtés. Notre bateau venait d'être attaqué par des pirates. Ils nous ont capturés, puis transbordés sur un autre navire.

— Cela arrive souvent, expliqua Simbo. Les pirates attaquent un navire négrier, suppriment l'équipage, coulent le navire et revendent les esclaves dans les îles des Antilles, en échange de marchandises de contrebande.

— Oui, reprit Pinto, tu as peut-être raison... Mais il reste que beaucoup de nos frères ont trouvé la mort, car les pirates n'ont pas hésité à tuer tous les prisonniers malades...

À ce moment-là, la porte de la case s'ouvrit brusquement. La silhouette du commandeur apparut. Il tenait un pistolet à la main. Surpris de trouver les prisonniers détachés et de voir Lygaya et Simbo à leur côté, il en bégaya de colère.

— Qu'est-ce... Qu'est-ce que vous... faites là? Qui? Qui... vous a donné l'ordre...? Vous serez fouettés... Pour avoir osé...

— Et vous, que faites-vous là?

C'était la voix de Pierre. Stupéfait, l'homme vit l'enfant blond qui avançait vers lui. Il n'avait pu remarquer Pierre qui se tenait dans un coin sombre de la pièce. Mais le commandeur se ressaisit très vite.

— Ces esclaves appartiennent à un planteur du nord de l'île. Il m'a confié la charge de les acheter et... j'en ai la garde jusqu'à demain. Votre père est au courant. Les autres esclaves ont tenté de les libérer pour s'enfuir avec eux... Heureusement, je suis arrivé à temps... Ils doivent être punis. Je vais m'en occuper...

Lygaya se rapprocha de son ami.

Pierre continuait de dévisager l'homme sans bouger. Il espérait que Juliette reviendrait rapidement avec les renforts. Il fallait gagner du temps.

— C'est moi qui ai donné l'ordre de libérer les esclaves, dit-il.

Le commandeur releva la tête et, défiant Pierre, lui dit :

— Votre père sera fier de vous lorsqu'il apprendra cela ! Je vais...

Il n'eut pas le temps d'achever sa phrase. Une autre voix couvrit la sienne.

— Son père est déjà au courant... de tout, y compris du sucre volé et caché dans les falaises. Son père est fier de son courage...

Le visage du commandeur devint livide. L'homme perdit tous ses moyens. Il ne pouvait fuir et se trouvait à la merci des trois hommes armés qui accompagnaient Charles. Il jeta son arme à terre et se rendit. Aussitôt, les hommes s'emparèrent de lui, le ligotèrent et l'emmenèrent.

Juliette, qui était restée loin derrière, arriva en courant.

— Qu'allez vous faire de lui? demanda-t-elle à son oncle.

— Il va être jugé et, certainement, pendu, répondit-il.

— Et les esclaves? demanda Pierre, soucieux du sort de Pinto.

— Ils n'ont pas de maître et ils ont été achetés avec notre marchandise. Donc, ils nous appartiennent. Nous les gardons!

Le visage de Lygaya s'illumina. Ainsi, par un hasard aussi incroyable qu'extraordinaire, sa famille était à nouveau réunie. Certes, il savait bien que leur vie ne serait jamais ce qu'elle avait été auparavant, dans leur village. Mais pour Lygaya, le plus important était d'avoir son père auprès de lui. Il avait hâte de rentrer avec Pinto pour retrouver Sanala.

Les autres esclaves furent confiés à Simbo qui fut chargé de s'occuper de leur installation.

— Le soleil se lève. Il est temps pour nous de rentrer et de prendre quelques heures de repos, dit Charles en poussant Juliette et Pierre à l'extérieur de la case.

Nous reparlerons de votre escapade plus tard...

Le ton de son père rassura Pierre. Il savait qu'il venait d'éviter une punition de justesse. En réalité, Charles avait eu très peur pour son fils. Ébranlé par les derniers événements, il n'avait aucune envie de sévir davantage. Ils prirent le chemin de la grande maison, accompagnés de Juliette. Sur le chemin du retour, Pierre osa poser la question qui lui brûlait la langue :

— Penses-tu que Lygaya ferait un bon palefrenier ?

Charles regarda son fils d'un air étonné. Puis il comprit combien cette question était importante pour Pierre. Après un court moment de réflexion, il s'éclaircit la gorge et dit :

— Il fera sûrement un bon palefrenier après quelques mois de stage à l'écurie. À condition qu'il commence son apprentissage au plus tôt...

Juliette et Pierre échangèrent un sourire entendu.

Simbo confia à Lygaya le soin de s'occuper de Pinto.

— Ton père devra sûrement se reposer quelques jours avant de commencer à travailler. Demain matin, je vous apporterai des citrons et de l'huile de palme. Va maintenant. Va annoncer la bonne nouvelle à Sanala. J'aurais tellement aimé pouvoir retrouver les miens moi aussi. Mes enfants... Ils m'ont pris mes enfants...

La main de Pinto toucha doucement le bras du vieil esclave. Simbo pleurait en silence.

En marchant côte à côte, Pinto et Lygaya prirent le chemin de la case familiale.

L'enfant parlait à son père de leur vie dans la plantation :

— Le travail est dur... très dur. Les esclaves qui n'obéissent pas sont sévèrement punis. Les maîtres sont bons... mais cela ne suffit pas à nous faire oublier que nous sommes des esclaves! Nous n'avons plus notre liberté. Et nous devrons passer toute notre vie dans cette case et dans ces champs...

Pinto s'aperçut que durant cette longue séparation, son fils avait beaucoup changé. Il pensait que Lygaya aurait certainement été un grand chasseur, brave et courageux, s'ils avaient pu rester dans leur village, en Afrique.

— Non, répondit Pinto... Je te promets que nous ne resterons pas esclaves. Un jour, nous serons à nouveau libres!

Ils arrivèrent à proximité de la case. Le jour se levait. La porte s'ouvrit et Sanala apparut sur le seuil. Elle partait travailler, comme chaque matin à l'aube. Elle vit au loin Lygaya tenant la main d'un homme dont la silhouette lui rappela celle de Pinto. Elle resta paralysée sur place. «Non, ce n'est pas possible», se dit-elle. Mais lorsque les deux silhouettes se rapprochèrent, elle comprit qu'elle ne rêvait pas. Et, pour la première fois depuis qu'ils avaient quitté leur village, Lygaya vit un sourire apparaître sur le visage de sa mère.

Quelques années plus tard, Lygaya arrivait à Québec. Le premier de notre famille. Comment il parvint en Amérique du Nord, c'est une autre histoire...

Table des matières

Les titres de la collection Atout

* Lecture facile   ** Lecture intermédiaire